杜工部集

〔唐〕杜甫 撰 清 光緒刊本
王慎中 王世貞 王世禎 宋犖 邵長蘅 五家評本

图书在版编目（ＣＩＰ）数据

杜工部集 / (唐) 杜甫撰. -- 北京 : 海豚出版社,
2018.1
ISBN 978-7-5110-2632-3

Ⅰ. ①杜… Ⅱ. ①杜… Ⅲ. ①杜诗－诗集 Ⅳ.
①I222.742

中国版本图书馆CIP数据核字(2017)第319723号

书名：杜工部集
作者：(唐) 杜甫撰
责任编辑：李俊
责任印制：蔡丽
出　　版：海豚出版社
网　　址：http://www.dolphin-books.com.cn
地　　址：北京市百万庄大街24号
邮　　编：100037
电　　话：010-68325006（销售）　010-68998879（总编室）
印　　刷：虎彩印艺股份有限公司
经　　销：新华书店及网络书店
开　　本：16开（210毫米×285毫米）
印　　张：90.75
字　　数：1368（千）
版　　次：2018年1月第1版　2018年1月第1次印刷
标准书号：ISBN 978-7-5110-2632-3
定　　价：2640.00

出版説明

現代漢語用『圖書』表示文獻的總稱，這一稱謂可以追溯到古史傳説時代的河圖、洛書。在從古到今的文化史中，圖像始終承擔着重要的文化功能。傳説時代的大禹『鑄鼎象物』，將物怪的形象鑄到鼎上，使『民知神奸』。在《周易》中也有『制器尚象』之説。一般而論，文化生活皆有其對應的物质層面的表现。在中國古代文獻研究活動中，學者也多注意器物、圖像的研究，如《詩》中的草木、鳥獸、《山海經》中的神靈物怪，禮儀中的禮器、行禮方位等，學者多畫爲圖像，與文字互相發明，成爲經學研究中的『圖説』類著述。又宋元以後，庶民文化興起，出版業高度發達，版刻印刷益發普及，在普通文獻中也逐漸出現了圖像資料，其中廣泛地涉及植物、動物、日常的物質生産程序與工具、平民教化等多個方面，其中流傳至今者，是我們瞭解古代文化的重要憑藉，通過這些圖文並茂的文本，讀者可以獲得對古代文化生動而直觀的感知。爲了方便讀者利用，我們將古代文獻中有關圖像、版畫、彩色套印本等文獻輯爲叢刊正式出版。

本編選目兼顧文獻學、古代美術、考古、社會史等多種興趣，範圍廣泛，版本選擇也兼顧古代東亞地區漢文化圈的範圍。圖像在古代社會生活中的一大作用涉及平民教化，即古人所謂的『圖像古昔，以當箴規』，（語出何宴《景福殿賦》）明清以來，民間勸善之書，如《陰騭文》、《閨范》等，皆有圖解，其中所宣揚的古代道德意識中的部份條目固然爲我們所不取，甚至是應該批判的對象，但其中多有精美的版畫，除了作爲古代美術史文獻以外，由此也可考見古代一般平民的倫理意識，實爲社會史研究的重要材料。

本編擬目涉及多種類型的文獻，茲輯爲叢刊，然亦以單種別行為主，只有部份社會史性質的文本，因爲篇卷無多，若獨立成册則面臨裝幀等方面的困難，則取同類文本合爲一册。文獻卷首都新編了目錄以便檢索，但爲了避免與書中內容大量重複，無謂地增加篇幅，有部份新編目錄視原書目錄爲簡略，也有部份文本性質特殊，原書中本無卷次目錄之類，則約舉其要，新擬條目，其擬議未必全然恰當。所有文獻皆影印，版式色澤，一存古韻。

目録（二十卷）

第一册

第二册

第三册

一二

以下古詩至八

杜工部集

卷一二

乙丑小雪節

真三叔後於脊廬

一

杜工部集

五家評本

王弇洲紫筆　王遵巖藍筆

王阮亭朱墨筆　宋牧仲黃筆

邵子湘綠筆

序

覽泰華之勝者隨其所造而咸有所得無取乎從同也涉滄溟之遠者恣其所遊而皆有所遇不必其合一也遷之史或以爲潔或以爲憤其不祧如故也長卿之賦右軍之書流別者代有其人其波瀾莫二也詩至少陵極矣然而言人人殊余藏有五家合評杜集二十卷編次完善匯五家所評別以五色筆炳炳烺烺列眉可數譬諸五聲異器而皆適於耳五味異

和而各饜於口自成一家聚爲衆妙公諸藝苑得非讀杜者一大快歟昔宋潛溪以劉晨翁評杜爲夢語是數家者皆海內夙稱詩宗當不及是而讀杜者因五家以求津途則此中自有指南無虞目迷五色矣昌黎云學焉而得其性之所近是集之刻義取於斯若夫少陵之牆宇峻深千門萬戸謂五家所評足以盡之也夫豈其然道光甲午季冬涿州盧坤序

杜工部集卷首

誌傳集序

唐故檢校工部員外郎杜君墓係銘

元稹江陵士曹時作

叙曰余讀詩至杜子美而知大小之有所總萃焉始堯舜時君臣以賡歌相和是後詩人繼作歷夏殷周千餘年仲尼緝拾選練取其干預教化之尤者三百篇其餘無聞焉騷人作而怨憤之態繁然猶去風雅

日近尚相比擬秦漢已還採詩之官旣廢天下妖謠
民謳歌頌諷賦曲度嬉戲之詞亦隨時間作至漢武
帝賦柏梁詩而七言之體興蘇子卿李少卿之徒尤
工爲五言雖句讀文律各異雅鄭之音亦雜而詞意
簡遠指事言情自非有爲而爲則文不妄作建安之
後天下文士遭罹兵戰曹氏父子鞍馬間爲文往往
横槊賦詩其遒壯抑揚寃哀悲離之作尤極於古晉
世風槩稍存宋齊之間教失根本士子以簡慢歙習

舒徐相尚文章以風容色澤放曠精清爲高蓋吟寫
性靈流連光景之文也意義格力固無取焉陵遲至
于梁陳淫艷刻飾俳巧小碎之詞劇又宋齊之所不
取也唐興官學大振歷世之文能者互出而又沈宋
之流研練精切穩順聲勢謂之爲律詩由是而後文
變之體極焉然而莫不好古者遺近務華者去實效
齊梁則不逮于魏晉工樂府則力屈于五言律切則
骨格不存閑暇則纖濃莫備至于子美蓋所謂上薄

風雅下該沈宋言奪蘇李氣吞曹劉掩顏謝之孤高
雜徐庾之流麗盡得古今之體勢而兼人人之所獨
專矣使仲尼鍛其旨要尚不知貴其多乎哉苟以其
能所不能無可無不可則詩人以來未有如子美者
是時山東人李白亦以奇文取稱時人謂之李杜余
觀其壯浪縱恣擺去拘束模寫物象及樂府歌詩誠
亦差肩于子美矣至若鋪陳終始排比聲韻大或千
言次猶數百詞氣豪邁而風調清深屬對律切而脫

乘凡近則李尚不能歷其藩翰況堂奧乎予嘗欲條析其文體別相附與來者爲之準特病嬾未就耳適遇子美之孫嗣業啓子美之柩襄祔事於偃師途次於荆雅知余愛言其大父之爲文拜余爲誌辭不能絶余因係其官閥而銘其卒葬云係曰昔當陽成侯姓杜氏下十世而生依藝令於鞏依藝生審言審言善詩官至膳部員外郎審言生閑閑生甫閑爲奉天令甫字子美天寶中獻三大禮賦明皇奇之命宰相

試文文善授右衛率府胄曹屬京師亂步謁行在拜
左拾遺歲餘以直言失官出爲華州司功尋遷京兆
功曹劒南節度嚴武狀爲工部員外郎參謀軍事旋
又棄去扁舟下荊楚間竟以寓卒旅殯岳陽享年五
十九夫人宏農楊氏女父曰司農少卿怡四十九年
而終嗣子曰宗武病不克葬歿命其子嗣業嗣業貧
無以給喪收拾乞匄焦勞晝夜去子美歿後餘四十
年然後卒先人之志亦足爲難矣銘曰

維元和之癸巳粤某月某日之佳辰合窆我杜子美
于首陽之山前嗚呼千載而下曰此文先生之古墳

舊書文苑傳

杜甫字子美本襄陽人後徙河南鞏縣曾祖依藝位
終鞏令祖審言位終膳部員外郎自有傳父閑終奉
天令甫天寶初應進士不第天寶末獻三大禮賦元
宗奇之召試文章授京兆府兵曹參軍十五載祿山
陷京師肅宗徵兵靈武甫自京師宵遁赴河西謁肅

宗于彭原郡拜右拾遺房琯布衣時與甫善時琯爲
宰相請自帥師討賊帝許之其年十月琯兵敗於陳
濤斜明年春琯罷相甫上疏言琯有才不宜罷免肅
宗怒貶琯爲刺史出甫爲華州司功參軍時關畿亂
離穀食踊貴甫寓居成州同谷縣自負薪採梠兒女
餓殍者數人久之召補京兆府功曹上元二年冬黄
門侍郎鄭國公嚴武鎮成都奏爲節度參謀檢校尚
書工部員外郎賜緋魚袋武與甫世舊待遇甚隆甫

性褊躁無器度恃恩放恣嘗憑醉登武之牀瞪視武
曰嚴挺之乃有此兒武雖急暴不以爲忤甫于成都
浣花里種竹植樹結廬枕江縱酒嘯詠與田父野老
相狎蕩無拘撿嚴武過之有時不冠其傲誕如此永
泰元年夏武卒甫無所依及郭英乂代武鎮成都英
乂武人麤暴無能刺謁乃遊東蜀依高適既至而適
卒是歲崔寗殺英乂楊子琳攻西川蜀中大亂甫以
其家避亂荆楚扁舟下峽未維舟而江陵亂乃泝沿

湘流遊衡山寓居耒陽甫嘗遊岳廟爲暴水所阻旬日不得食耒陽聶令知之自櫂舟迎甫而還永泰二年啗牛肉白酒一夕而卒于耒陽時年五十九子宗武流落湖湘而卒元和中宗武子嗣業自耒陽遷甫之柩歸葬於偃師縣西北首陽山之前天寶末詩人甫與李白齊名而白自負文格放達譏甫齷齪而有飯顆山頭之嘲誚元和中詞人元稹論李杜之優劣曰余讀詩至杜子美云云特病懶未就耳自後屬文

者以稹論爲是甫有集六十卷

杜工部小集序　　潤州刺史樊　晃

工部員外郎杜甫字子美膳部員外郎審言之孫至德初拜左拾遺直諫忤旨左轉薄遊隴蜀殆十年矣黄門侍郎嚴武總戎全蜀君爲幕賓白首爲郎待之客禮屬契潤湮阨東歸江陵緣湘沅而不返痛矣夫文集六十卷行于江漢之南常蓄東遊之志竟不就屬時方用武斯文將墜故不爲東人之所知江左詞

人所傳誦者皆君之戲題劇論耳曾不知君有大雅之作當今一人而已今採其遺文凡二百九十篇各以志類分爲六卷且行於江左君有宗文宗武近知所在漂寓江陵冀求其正集續當論次云

贈杜工部詩集序

孫僅

叙曰五常之精萬象之靈不能自文必委其精萃其靈於偉傑之人以渙發焉故文者天地眞粹之氣也所以君五常母萬象也縱出橫飛疑無涯隅表乾裏

坤深八隱奥非夫腹五常精忘萬象靈神合冥會則
未始得之矣夫文各一而所以用之三謀勇正之謂
也謀以始意勇以作氣正以全道苟意亂思率則謀
沮矣氣萎體瘵則勇喪矣言蕪辭蕪則正塞矣是三
者迭相羽翼以濟乎用也備則氣淳而長刹則氣散
而涸中古而下文道繁富風若周騷若楚文若西漢
咸角然天出萬世之衡軸也後之學者瞽實聾正不
守其根而好其枝葉由是日誕月艷蕩而莫返曹劉

應楊之徒唱之沈謝徐庾之徒和之爭柔鬭葩聯組
擅繡萬鈞之重爍爲錙銖眞粹之氣殆將滅矣洎夫
子之爲也剔陳梁亂齊宋抉晉魏瀦其淫波遏其煩
聲與周楚西漢相準的其彀邈高聳則若鑿大虛而
嗷萬籟其馳驟怪駭則若仗天策而騎箕尾其首截
峻整則若儼鈞陳而界雲漢樞機日月開闔雷電昂
昂然神其謀挺其勇握其正以高視天壤趨入作者
之域所謂眞粹氣中人也公之詩支而爲六家孟郊

得其氣焰張籍得其簡麗姚合得其淸雅賈島得其奇僻杜牧薛能得其豪健陸龜蒙得其贍博皆出公之奇偏爾尚軒軒然自號一家爀世烜俗後人師擬不暇矧合之乎風騷而下唐而上一人而已是知唐之言詩公之餘波及爾於戲以公之才宜器大任而顛沛寇虜汨没蠻夷者屯于時耶戾于命耶將天嗜厭代未使斯文大振耶雖道振當世而澤化後人斯不朽矣因覽公集輒洩其憤以書之

杜工部集序

翰林學士兵部郎中知制誥史館修撰王洙撰

杜甫字子美襄陽人徙河南鞏縣曾祖依藝鞏令祖審言膳部員外郎父閑奉天令甫少不羈天寶中獻三賦召試文章授河西尉辭不行改右衛率府胄曹天寶末以家避亂鄜獨轉陷賊中至德二載竄歸鳳翔謁肅宗授左拾遺詔許至鄜迎家明年收京扈從還長安房琯罷相甫上疏論琯有才不宜廢免肅宗怒貶琯邠州刺史出甫為華州司功屬關輔飢亂棄

官之秦州又居成州同谷自負薪採梠餔糒不給遂
入蜀卜居成都浣花里復適東川久之召補京兆府
功曹以道阻不赴欲如荆楚上元二年聞嚴武鎮成
都自閬州挈家往依焉武歸朝廷甫浮遊左蜀諸郡
往來非一武再鎮兩川奏爲節度參謀檢校工部員
外郎賜緋永泰元年夏武卒郭英乂代武崔旰殺英
乂楊子琳柏貞節舉兵攻旰蜀中大亂甫逃至梓州
亂定歸成都無所依乃泛江遊嘉戎次雲安移居夔

州大歷三年春下峽至荆南又次公安入湖南泝沿湘流遊衡山寓居耒陽嘗至嶽廟阻暴水旬日不得食耒陽聶令知之自具舟迎還五年夏一夕醉飽卒年五十九觀甫詩與唐實錄猶槩見事迹比新書列傳彼爲踳駁甫集初六十卷今秘府舊藏通人家所有稱大小集者皆亡逸之餘人自編摭非當時第叙矣蒐裒中外書凡九十九卷除其重複定取千四百有五篇凡古詩三百九十有九近體千有六起太平

時終湖南所作視居行之次若歲時爲先後分十八卷又別錄賦筆雜著二十九篇爲二卷合二十卷意兹未可謂盡他日有得尚副益諸寶元二年十月王原叔記

後記　　　　　　　　　王琪

近世學者爭言杜詩愛之深者至剽掠句語迨所用險字而模畫之沛然自以絶洪流而窮深源矣又人人購其亡逸多或百餘篇少數十句藏弆矜大復自

以爲有得翰林王君原叔尤嗜其詩家素畜先唐舊集及採秘府名公之室天下士人所有得者悉編次之事具于記于是杜詩無遺矣子美博聞稽古其用事非老儒博士罕知其自出然訛缺久矣後人妄改而補之者衆莫之遏也非原叔多得其眞爲害大矣子美之詩詞有近質者所謂轉石于千仞之山勢也學者尤效之而過甚豈遠大者難窺乎然夫子之删詩也至于檜曹小國寺人女子之詩苟中法度咸取

而弦歌善言詩者豈拘于人哉原叔雖自編次余病其卷帙之多而未甚布暇日與蘇州進士何君瑑丁君脩得原叔家藏及今古諸集聚于郡齋而參攷之三月而後已義有兼通者亦存而不敢削閱之者固有淺深也而又吳江邑宰河東裴君煜取以覆視乃益精密遂鏤于板庶廣其傳或俾余序于篇者曰如原叔之能文稱于世止作記于後余竊慕之且余安知子美哉但本末不可闕書故槩舉以附于卷終原

叔之文今遷于卷首云嘉祐四年四月望日姑蘇郡
守太原王琪後記

成都新刻草堂先生詩碑序　胡宗愈

草堂先生謂子美也草堂子美之故居因其所居而
號之曰草堂先生先生自同谷入蜀遂卜成都浣花
江上萬里橋之西爲草堂以居焉唐之史記前後牴
牾先生至成都之年月不可攷其後先生寄題草堂
云經營上元始斷手寶應年然則先生之來成都殆

上元之初乎嚴武入朝先生送武之巴西遂如梓州蜀亂乃之閬州將遊荆楚會武再鎮兩川先生乃自閬州挈妻子歸草堂武辟先生爲參謀武卒蜀又亂先生去之東川移居夔州遂下荆渚泝沅湘上衡山卒于耒陽先生以詩鳴于唐凡出處去就動息勞佚悲歡憂樂忠憤感激好賢惡惡一見于詩讀之可以知其世學士大夫謂之詩史其所遊歷好事者隨處刻其詩于石至成都則闕然先生之故居松竹荒涼

署不可記今丞相呂公鎮成都復作草堂于先生之舊址繪先生之像於其上宗愈假符于此乃錄先生之詩刻石置於草堂之壁間先生雖去此而其詩之意有在于是者亦附其後庶幾好事者於以攷先生去來之迹云元祐庚午資政殿學士中大夫知成都軍府事胡宗愈序

杜工部集後記

吳若

右杜集建康府學所刻板也初教授劉亘常今當兵

火瓦礫之餘便欲刻印文籍得府帥端明李公行其言繼而樞密趙公不廢其說未幾趙公移帥江西常今亦以病丐罷屬府倅吳公才德充察推王間伯言嗣成之德充伯言爲求工外邑付學正張巽學錄李鼎要以必成踰半年教授錢壽朋耆朋來乃克成焉蓋方督府宣司鼎來百工奔走趨命不暇刀板在手奪去者屢矣一集之微更歲歷十餘君子始就嗚呼儒業之難興如此常今初得李端明本以爲善又得

撫屬姚寬令威所傳故吏部鮑欽止本校足之末得若本以爲無恨焉凡稱樊者樊晃小集也稱晉者開運二年官書也稱荆者王介甫四選也稱宋者宋景文也稱陳者陳無已也稱刋及一作者黄魯直晁以道諸本也雖然子美詩如五穀六牲人皆知味而鮮不爲異饌所移者故世之出異意爲異說以亂杜詩之眞者甚多此本雖未必皆得其眞然求不爲異者也他日有加是正者重刻之此學者之所望也紹興

三年六月荆溪吳若季海書

杜工部集卷首終

杜工部集卷一目錄

古詩五十五首

哀王孫

大雲寺贊公房四首

杜工部集卷一目錄終

此詩前[illegible][illegible]為歷[illegible]且布置最得體

突兀二語一肚皮牢騷憤激信口衝出

杜工部集卷一

古詩五十五首 天寶未亂時并陷賊中作

奉贈韋左丞丈二十二韻

紈袴不餓死儒冠多誤身丈人試靜聽賤子請具陳 開出全篇

甫昔少一作妙年日早充觀國賓讀書破萬卷下筆如有神賦料揚雄敵詩看子建親李邕求識面王翰願卜卜陳作爲鄰自謂頗挺出一作生立登要路津致君堯舜上再使風俗淳此意竟蕭條行歌非隱淪騎驢三十

紅之綠之藍之

贈送詩至此篇更不可加矣

載旅食京華春朝扣富兒門暮隨肥馬塵殘杯與冷炙到處潛悲辛主上頃見徵欻然欲求伸青冥却垂翅蹭蹬無縱鱗甚媿丈人厚甚知丈人眞每於百寮上猥誦佳句新竊效貢公喜難甘原憲貧焉能心怏怏秖是走踆踆今欲東入海即將西去秦尙憐終南山回首清渭濱常擬報一飯況懷辭大臣白鷗沒朱作波浩蕩萬里誰能馴得此一結全首傲岸

送高三十五書記 自成一家語有纏綿之致

以下淺近

崆峒小麥熟且[一作吾]願休王師請公問主將焉用窮
荒爲饑鷹未飽肉側翅隨人飛高生跨鞍馬有似幽
并[一作并州]兒脫身簿尉中始與捶楚辭借問今何官觸
熱向武威答云[一作言]一書記所媿國士知人實不易
知更[一作尤]須慎其儀[一作宜]十年出幕府自可持旌麾
[一作旗]此行旣特達足以慰所思[一云亦足慰遠思]男兒功名
遂亦在老大[唐佐切夜歸詩明星當空大同]時常恨結驩淺各在天
此一字無下落
一涯又如參與商慘慘中腸悲驚風吹[一作飄]鴻鵠不

起得突兀

煞得無了落而甚奇

得相追隨黃塵翳沙漠念子何當時一作歸邊城有餘
力早寄從軍詩

贈李白 此詩語氣原不甚楚楚

二年客東都所歷厭機巧野人對羶腥蔬食常不飽
豈無青精一作机亦作餌飯使我顏色好苦乏大一作買藥資
山林跡如埽李侯金閨彥陳浩然本作深脫身事幽討亦一作
未有梁宋遊方期拾瑤草

遊龍門奉先寺

起無味已更二字更無味

語語奇警

末直遂了

西樵曰此首頗近選

已從招提遊更宿招提境陰壑生虛一作靈籟月林散清影天闕一作闊荆作閲蔡興宗考異作闚象緯逼雲臥衣裳冷欲覺聞晨鐘令人發深省

望嶽

岱宗夫如何齊魯青未了造化鍾神秀陰陽割昏曉盪胸生曾雲決眥入歸鳥會當凌絕頂一覽衆山小

割字奇險

陪李北海宴歷下亭時邑人蹇處士等在坐李公序

東藩駐皁蓋北渚凌青荷一作清河海內一作右此亭古濟

紅一之三　綠之三　藍之三

南名士多雲山已發興玉珮仍當謌修竹不受暑交
流空湧波蘊眞愜所遇落日將如何貴賤俱物役從
公難重過　杜集中選體

登歷下古城員外草堂本此下有孫字新亭

北海太守李邕

吾宗固神秀體物寫謀長形制開古跡曾冰延樂方
太山雄地理巨壑眇雲莊高興泊陳浩然本作洎煩促永懷
淸典常含宏知四大出入見三光負郭喜粳稻安時

西樵曰以上二首并暫如臨邑詩與公他詩不同當是有意彷北海耳

謌吉祥

同前（亭對鵲湖）（草堂諸本題作同李太守登歷下古城員外新亭）

新亭結構罷隱見清湖陰跡藉臺觀舊氣溟海嶽深

圓荷想自昔遺堞感至今芳宴此時具（一作俱）哀絲（一作

紘千古心主稱壽尊客筵秩宴北林（一作北客）不阻蓬蓽

不成語

興得兼（一作兼得）梁甫吟

梁甫吟亦牽趁

元都壇歌（寄元逸人）

故人昔隱東蒙峯已佩含景蒼精龍故人今居子午

句有幽奇異采

谷獨在（一作竝）陰崖結（一作白）茅屋屋前太古元都壇青

石漠漠常風寒子規夜啼山竹裂王母晝下雲旗翻

（一作蟠）知君此計成（或作誠）長往芝草琅玕日應長鐵鑱

高垂不可攀致身福地何蕭爽

好句

○今夕行（自齊趙西歸至咸陽作）

今夕何夕歲云徂更長燭明不可孤咸陽客舍一事

無相與博塞（一云賭博）爲歡娛馮陵大叫呼五白袒跣不

肯成梟盧（一作牟）英雄有時亦如此邂逅豈即非良圖

奇甚

西樵曰願字趁韻

子沺云舊註此詩爲元宗用兵吐蕃而作

舊評齊梁以來文人喜爲樂府沿習既久往往失其命題之意雖大白亦不能

君莫笑劉毅從來布衣願家無儋石輸百萬

貧交行

翻手作雲覆手雨紛紛輕薄何須數君不見管鮑貧時交此道今人棄如土

遥露少味于鱗選此殊不解

兵車行

比之古樂府情事兵切

是唐詩史亦是古樂府

車轔轔馬蕭蕭行人弓箭各在腰耶孃妻子走相送塵埃不見咸陽橋牽衣頓足攔（一作橋）道哭哭聲直上干雲霄道傍過者問行人行人但云點行頻或從十

免唯少陵兵車行等篇皆因事自出己意立題略無顧襲前人陳跡眞所謂豪杰也

前君不聞是役夫語此君不見

五北防河便至四十西營田去時里正與裹頭歸來頭白還戍邊邊亭（一作庭）流血成海水武（一作我）皇開邊意未已君不聞（語不古）漢家山東二百州千村萬落生荆杞縱有健婦把鋤犂禾生隴畝無東西（殆不成語）況復秦兵耐苦戰被驅不異犬與雞長者雖有問役夫敢申恨且如今年冬未休關（一作隴）西卒（一云役夫心益憤如今縱得休還爲隴西卒）縣官急索租（草堂本作縣官云急索）租税從何出信知生男惡反是生女好生女猶是（一作得）嫁比鄰生男（一作兒）埋沒隨

是詩人語故不病重邪味此詩似作于討南詔之前故并無一語及南詔師註爲元宗用兵吐蕃而作良是

此子美少壯時作無一句不精悍

百草君不見青海頭古來白骨無人收新鬼煩寃舊
鬼哭天陰雨濕聲一作悲啾啾

高都護驄馬行唐人馬詩許多惟此爲勝以其化盡點綴之格也

安西都護胡青驄聲價欻然來向東此馬臨陣久無
敵與人一心成大功功成惠養隨所致飄飄一作飖遠
自流沙至雄姿未受伏櫪恩猛氣猶思戰場利腕促
蹄高如踣鐵交河幾蹴曾冰裂五花散作雲滿身萬
里方看汗流血長安壯兒不敢騎走過掣電傾城知

令人再無着語處

借書出神駿

青絲絡頭爲君老何由却出橫門道

天育驃騎歌

吾聞天子之馬走千里今之畫圖無乃是何意態

又接得起

又接得起

雄且傑駿（駿一作）尾蕭梢朔風起毛爲綠縹兩耳黃眼

有紫焰雙瞳方矯矯（一作矯矯然）龍性（一云矯龍性逸）合（草堂本云東坡書作含）

人事醜拙

變化卓立天骨森開張伊昔太僕張景順監牧攻

駒（一云考牧攻駒 一云考牧神駒）閱清峻遂令大奴守（一作字）天育別

養驥子憐神駿當時四十萬匹馬張公歎其材盡下

無限感慨一結盡之

結語感慨

託喻素絲從繰織說到裁縫從裁縫說到衣著從衣著說到棄置看他層次結有無限悲慨。得梁陳樂府之遺

故獨寫眞傳世人見之座右久更新年多物化空形影嗚呼健步無由騁（化得如此乃太下矣）如今豈無騕褭與驊騮時無王良伯樂死卽休

白絲行（此殆似李長吉矣）

繰絲須長不須白越羅蜀錦金粟尺象（一作牙）床玉手亂殷紅萬草千花動凝碧已悲素質隨時染（一作改）裂下鳴機色相射美人細意熨帖平裁縫滅盡針線跡春天衣著爲君舞蛺蝶飛來黃鸝語落絮遊絲亦有

闌姍之風沈伏之雨趙解較近

情隨風照日宜疑一作輕舉香汗輕塵污顏色一云香汗清塵似微汚又云香汗清塵汚不著陳浩然本一云香汗清塵似顏色開新合故置何一作相許君不見才一作志士汲引難恐懼棄捐忍羈旅

全首托興借出正意

秋雨歎三首

三首有樂府意悲咽感慨語短意長眞可屢諷也

雨中百草秋爛死階下決明顏色鮮著葉滿枝翠羽蓋開花無數黃金錢涼風蕭蕭吹汝急恐汝後時難獨立堂上書生空白頭臨風三嗅馨香泣

闌一作闌風長去聲一作伏荊公作伕雨一作東風細雨秋紛紛四海一云

萬里八荒同一雲去馬來牛不復辨濁涇清渭何當分禾（一作木）頭生耳黍穗黑農夫田婦（一作父）無消息城中斗米換（一作抱）衾裯相許寧論兩相直

長安布衣誰比數反鏁衡門守環堵老夫不出長蓬蒿稚子無憂走（讀作奏）風雨雨聲颼颼催早寒胡雁翅濕高飛難秋來未曾（陳浩然本作省）見白日塗污后（一作厚）土何時乾

歎庭前甘菊花

此與秋雨三首短章齋散正復耐人把玩

無甚意致

悲壯奇崛

簷（一作階一作庭）前甘菊移時晚青蘂重陽不堪摘明日蕭條醉盡醒（一作盡醉醒）殘花爛熳開何益籬邊野外多衆芳采擷細瑣升中堂念茲空長大枝葉結根失所纏（一作埋）風霜

醉時歌（贈廣文館博士鄭虔）

痛飲悲歌正爾淋漓盡致

諸公袞袞登臺（一作華）省廣文先生官獨冷甲第紛紛厭粱肉廣文先生飯不足先生有道出羲皇先生有才（一作所談一作所該一作所抱）過屈宋（一云有才或屈宋）德尊一代常坎

警策

相如二句當删

結似律甚不健

軻（一作壈）名垂萬古知何用杜陵野客人更（一作見）嗤被
褐短窄（一作穴）鬢如絲日糴太（一作泰）倉五升米時赴鄭
老同襟期得錢即相覓沽酒不復疑忘形到爾汝痛
飲眞（一作直）吾師清夜沈沈動春酌燈前細雨簷花落
（一作簷前細雨燈花落）但覺高歌有（一作感）鬼神焉知餓死塡溝
壑相如逸才親滌器子雲識字終投閣先生早賦歸
去來石田茅屋荒蒼苔儒術於我何有哉孔（聖諱）盜跖
俱塵埃不須聞此意慘愴生前相遇且銜盃

下筆如有神但覺高

歌有鬼神詩成覺有神皆此老自信處畫之佳者往往通神詩何獨不然

醉歌行 別從姪勤落第歸

陸機二十作文賦汝更少年能綴文總角草書又神速世上兒子徒紛紛驊騮作駒已汗血鷙鳥舉翮連青雲詞源倒傾流一作三峽水筆陣獨掃千人軍只今年浩然本作生纔十六七射策君門期第一舊穿楊葉眞自知暫蹶霜蹄未爲失偶然擢秀非難取會是排風有毛質汝身已一作即見唾成珠汝伯何由髮如漆春光

春光以下方見妙境

此爲直漢魏詩未許淺人問津

此等詩爲少陵絕作烜赫千古正無庸摘句稱佳特於題上着兩圈以識之後放此

淡淹（草堂本作潭　淹淹徒可切）秦東亭渚蒲芽白水荇青風吹客衣日杲杲樹攪離思花冥冥酒盡沙頭雙玉瓶衆賓皆（一作已）醉我獨醒乃知貧賤別更苦吞聲躑躅涕淚零

○○贈衛八處士（好全篇盡稱）

人生不相見動如參與商今夕（一作此）復何夕共此燈燭光（一云共宿此燈光）少壯能幾時鬢髮各已蒼訪舊（魯作問）半爲鬼驚呼熱中腸焉知二十載重上君子堂昔別君未婚兒女忽成行怡然敬父執問我來何方問答

乃未已（陳浩然作未及已）兒女（一作驅兒）羅酒漿夜雨剪春韭新（一作晨）炊閒（一作閒）黃粱主稱會面難一舉累（一作蒙）十觴（一云百觴）亦不醉（一作辭）感子故意長明日隔山岳世事兩茫茫

苦雨奉寄隴西公兼呈王徵士（隴西公即漢中王瑀徵士琅琊王徹）

今秋乃淫雨仲月來寒風羣木水光下萬象（一作家）雲氣中所思礙行潦九里信不通悄悄素滻路迢迢天

西樵曰此作不爲公完美之篇五句方知二字與曠士二句不相叶末八句四截不相續中間仰穿以下所謂一段則誠竒語渾涵汪茫千彙

不成句

漢東顧騰六尺馬駒一作背若孤征鴻劃見公子君一作面超然懽笑同奮飛既胡越局促傷樊籠一飯四五起憑軒心力窮嘉蔬沒溷濁時菊碎榛叢鷹隼亦屈猛鳥鳶何所蒙式瞻北鄰居取適南巷翁挂席釣川漲焉知淸興終

同諸公登慈恩寺塔時高適薛據先有此作

高標跨蒼天穹一作烈風無時休自非曠壯一作士懷登茲翻百憂方知象教力足立一作可追冥搜仰穿龍蛇

耳又曰泰山五字凴高奇句他人空費語言不能五字便了後八句殊不成文理于游覽間寓感慨時事自不應如此苦刻沉晦徒然無味

萬狀正是登高極奇警語若如虞山箋解何句識切時事諷訓君父不幾陷子美爲輕薄陰險人也耶獨虞舜瑤池似有寄托按舊註高宗在春宮爲文德皇后建此寺故以慈恩名寺托虞舜以思高宗托西王母以思文德皇后蓄暗記慈恩事也

眞趣亦自漢魏出

窟始出（一作驚）枝撑幽七星在北戶（一云戶北）河漢聲西流羲和鞭白日少昊行淸秋秦（一作泰非）山忽破碎涇渭不可求俯視但一氣焉能辨皇州迴首叫虞舜蒼梧雲正愁惜哉瑤池飲（一作燕）日晏崑崙邱黃鵠去不息哀鳴何所投君看隨陽雁各有稻粱謀

示從孫濟

平明跨驢出未知（一作委）適誰門權門多噂嗒且復尋諸孫諸孫貧無事宅舍如荒村堂前自生竹堂後自

精悍高古唐人盡拜下風

笑柄

生萱萱草秋已死竹枝霜不蕃（一作翻）淘米少汲水汲多井水渾刈葵莫放手放手傷葵根阿翁嬾惰久覺兒行步奔所來（一作求）為宗族亦不為盤飧小人利口實（一云小人實利口）薄俗難可具（一作具）論勿受外嫌猜同姓古所敦

九日寄岑參

出門復入門兩（陳作雨）腳但（一作仍）如（一作但仍）舊所向泥活活（一作浩浩）思君令人瘦沈吟坐西（一作秋）軒（一云吟卧軒窗下）飲

起語突出驚人字字接得神采

食錯（一作飲）昏晝寸步曲江頭難爲一相就吁嗟呼（一作乎）蒼生稼穡不可救安得誅雲師疇能補天漏大明韜日月曠野號禽獸君子強逶迤小人困馳驟維南有崇山恐（一作洊）與川浸溜是節（一作時）東籬菊紛披爲誰秀岑生多新詩（一作語）性亦嗜醇酎采采黃金花何由滿（一作酒）衣袖

送孔巢父謝病歸遊江東兼呈李白

巢父掉頭不肯住東將入海隨烟霧詩卷長留天地

劉須溪評春寒野陰句云七字浩然以將隱也

問釣竿欲拂珊瑚一云三珠樹深山大澤龍蛇遠春寒野陰風景暮一云花繁草青春日暮蓬萊織女迴雲車指點虛無是征路一作引歸路自是君身有仙骨世人那得知其故無味之甚惜君只欲苦死留富貴何如草頭露一云我欲苦留君富貴何如草頭易晞露蔡侯靜者意有餘清夜置酒臨前除罷琴惆悵有深意月照刜作點席幾歲寄我空中書南尋禹穴見李白道甫問訊今何如

飲中八仙歌固是創體詩實不佳

人人妙句句好

無首無尾章法突兀然非杜之至者

亦無意味

八仙語皆豪縱不如此一仙語尤勝

知章騎馬似乘船，眼花落井水底眠。汝陽三斗始朝天，道逢（白氏長慶集注逢作見）麴車口流涎，恨不移封向酒泉。左相日興費萬錢，飲如長鯨吸百川，銜盃樂聖稱世（邵刊作避）賢。（不成句）宗之蕭灑美少年，舉觴白眼望青天，皎如玉樹臨風前。蘇晉長齋繡佛前，醉中往往愛逃禪。李白一斗詩百篇，長安市上酒家眠。天子呼來不上船，自稱臣是酒中仙。張旭三杯草聖傳，脫帽露頂王公前，揮毫落紙如雲煙。焦遂五斗方卓然，高談雄辯驚四

短言躡踵容同
極學此種

筵

曲江三章章五句後章固絶佳前二章亦自不同

曲江蕭條秋氣高菱荷枯折隨風濤遊子空嗟垂二毛白石素沙亦相蕩哀鴻獨叫求其曹

即事非今亦非古長歌激越梢林莽比屋豪華固難數吾人甘作心似灰弟姪何傷淚如雨

奇句

自斷此生休問天杜曲幸有桑麻田故將移住南山邊短衣匹馬隨李廣看射猛虎終殘年

有一種本稱身下云足下何所着紅葉衲襪穿鐙銀

意在言外三百篇之致也

麗人行楊慎曰古本稱身下有足下何所着紅渠羅韈穿鐙銀徧考宋刻本並無知楊氏僞託也今削正

三月三日天氣新長安水邊多麗人態濃意遠淑且
眞肌理細膩骨肉勻繡一作畫羅衣裳照暮春蹙金孔
雀銀麒麟頭上何所有翠微一作爲㔩烏合反一作匌葉一作匌匒
垂鬢脣背一作身後何所見珠壓腰衱一作襻其輒切穩稱身
就中雲幕椒房親賜名大國虢與秦紫駝之峯一作珍
出翠釜水精之盤行素鱗犀筯厭飫久未下鑾刀縷

杜集卷一 古

楊名?

◎

楊花青鳥亦染濃麗不必拘拘索解自是樂府佳語

切空（一作坐）紛綸黃門飛鞚不動塵御廚絡繹（一作絲絡）送八珍簫鼓（一作管）哀吟感鬼神賓從雜（一作合）遝實要津後來鞍馬何逡巡當軒（一作道）下馬入錦茵楊花雪落覆（音副）白蘋青鳥飛去銜紅巾炙手可熱勢（一作世）絕倫愼莫近（一作向）前丞相嗔

樂遊園歌（晦日賀蘭楊長史筵醉中作）

樂遊古園崒（一作萃）森爽煙緜碧草萋萋長公子華筵勢最高秦川對酒平如掌長生木瓢示眞率更調鞍

氣格雄渾有之情韻終薄

結得悲壯

未見佳

馬狂歡賞靑春波浪芙蓉園白日雷霆夾（一作甲）城仗閶闔晴開昳（一作詄）蕩蕩曲江翠幕排銀牓拂水低徊舞袖翻緣雲清切歌聲上却憶年年人醉時只今未醉已先悲數莖白髮那抛得百罰（一作刻）深盃亦不辭（英華作辭不辭）聖朝亦（一作已）知賤士醜一物自（一作但）荷皇天慈（一作私）此身飲罷無歸處獨立蒼茫自詠詩

寂寞可念

渼陂行

岑參兄弟皆好奇攜我遠來遊渼陂天地黤慘忽異

空濶變幻極頓挫之奇

此處未見神采以後迥異

眼前景物隨手拈來而貫以沈鬱之氣覺意象飛動非詩聖而何

舊評慘愴之容窈眇之思良是

本漢武秋風辭妙在絶不相似

色波濤萬頃堆琉璃琉璃汗漫泛舟入事殊興極憂
思集鼉作鯨吞不復知惡風白浪何嗟及主人錦帆
相爲開舟子喜甚無氛埃鳧鷖散亂棹謳發絲管啁
啾空翠來沈竿續蔓深莫測菱葉荷花靜一作淨如拭
宛在中流渤澥清下歸無極一云下臨無地終南黑半陂已
南純浸山動影裊窕沖融間船舷暝戛雲際寺水面
月出藍田關此時驪龍亦吐珠馮夷擊鼓羣龍趨湘
妃漢女出歌舞金支翠旗光有無咫尺但愁雷雨至

光怪中正須得此秀句

古人之善學如此

苕刻而亦儁秀與嘉州之体畧相似

刻畫

蒼茫不曉神靈意少壯幾時奈老何向來哀樂何其多

舊句舊意

渼陂西南臺 亦是選體

高臺面蒼陂六月風日冷蒹葭離披去天水相與永懷新目似擊接要心已領仿像識鮫人空蒙辨魚艇錯磨終南翠顛倒白閣影崷（一作嶹）崒增光輝（一作乘陰）乘陵惜俄頃勞生愧嚴鄭外物慕張邴世復輕驊騮吾甘雜鼃黽知歸俗可忽取適（一作足）事莫並身退豈待

偶爾妙諦便成故實

官老來苦便（平聲）靜況貧萎荚足庶結茅茨迥從此具扁舟彌年逐清景

戲簡鄭廣文（虔）兼呈蘇司業（源明）

廣文到官舍繫（一作置）馬堂階下醉則（一作即）騎馬歸頗遭官長罵才名四（一作三）十年坐客寒無氊賴（一作近）有蘇司業時時與（一作乞）酒錢

雖是戲筆自是佳篇

夏日李公（一云李家令）見訪（李時爲太子家令黃鶴曰按宗室世系表當是李炎）

如此方是絕妙

遠林暑氣薄公子過我遊貧居類村塢僻近城南樓
房舍頗淳朴所願（樊陳竝作須）亦易求隔屋喚西家借問
有酒不牆頭過濁醪展席俯長流清風左右至客意

眞率佳趣

已驚秋巢多衆鳥鬬（一作喧）葉密鳴蟬稠苦道（一作遣）此
物聒孰謂（陳作語）吾廬幽水花晚色靜（樊作淨）庶足充淹
留預恐樽中盡更起爲君謀

奉同郭給事湯東靈湫作

不爲佳作

東山氣鴻濛宮殿居上頭君來必十月樹羽臨九州

決不可如下字

靈秀混洪實杜集之奇作

披沙揀金

陰火煮玉泉噴薄漲巖幽有時浴赤日光抱空中樓
閬風入轍跡曠（一作廣）原（一作野）延冥搜沸（一作拂）天萬乘
動觀水百丈湫幽靈（一云靈湫）斯（一作新）可佳（一作怪）王命官
終不可以為詩
屬休初聞龍用壯擘石摧林邱中夜窟宅改移因風
雨秋倒懸瑤池影屈注蒼江流味如甘露漿揮弄滑
且柔翠旗淡偃蹇雲車紛少留簫鼓蕩四溟異香泱
漭浮鮫人獻微（一作徵）綃曾祝沈豪牛百祥奔盛明古
終不能知其事詩亦不必如此
先莫能儔坡陁金蝦蟆出見蓋有由至尊顧之笑王

金蝦蟆事當看註

紅一之十八綠之十八藍之十八

末一句亦爲求奇之過反見淺俗

佛家以善業爲白惡業爲黑

母不肯（一作遣）收復歸虛無底化作長黃虬（一云龍與虬）飄颻（一云飄颻）靑瑣郎文采珊瑚鉤浩歌淥水曲清絕聽者愁

夜聽許十損（一本作許十一一本作許十無損字）誦詩愛而有作

許生五臺賓業白出石壁余亦師粲可身猶縛禪寂何階子方便謬引爲匹敵離索晚相逢包蒙欣有擊誦詩渾（一作混）遊衍四座皆（一作俱）闢易應手看捶鉤清心聽鳴鏑精微穿溟涬飛動摧霹靂陶謝不枝梧風

狀詩之妙

作排律讀尤覺氣厚

驕共推激紫燕舊作鸞自超詣翠駮誰剪剔君意人莫

知人間夜寥闃

橋陵詩三十韻因呈縣內諸官

先帝昔晏駕茲山朝百靈崇岡擁象設沃野開天庭

即事壯重險論功超五丁坡陁因一作用厚地一作力却

畧羅峻屏雲闕虛冉冉風松肅泠泠石門霜露一作霧

白玉殿莓苔青宮女晚一作曉知曙祠官一作臣朝見星

空梁簇畫戟陰井敲銅瓶中使日夜繼一云日繼夜正異一云日

惟王心不寧豈徒郵備享尚謂求無形孝理敦國
政神凝推道經瑞芝產廟柱好鳥鳴（一作巢、一作宿）巖扃高
岳前嵂崒洪河左瀅瀠（瀅玉篇同滎胡坰烏迴二切瀠無瀠音滎字玉篇韻畧俱無）
（毛氏據此詩增恐非當作瀠）金城蓄峻趾沙苑交迴汀永與奧區
固川原紛眇冥居然赤縣立臺榭爭岩亭官屬果稱
是聲華眞（一作宜）可聽王劉美竹潤裴李春蘭馨鄭氏
才振古啖侯筆不停遺辭必中律利物當發硎綺繡
相展轉琳瑯愈（一作逾）靑熒側聞魯恭化秉德崔瑗銘

不見隹

太史候鳧影王喬隨鶴翎朝議限霄漢客思迴林坰轗軻辭下杜飄颻陵濁涇諸生舊短褐旅泛一浮萍荒歲兒女瘦暮途涕泗零主人念老馬廨署一作宇容一作客秋螢流過理豈愜窮愁醉未醒何當擺俗累浩蕩乘滄溟

沙苑行

君不見左輔白沙如白水一作白如水繚以周牆百餘里龍媒昔是渥洼生汗血今稱獻於此苑中騋牝三千

其思深苦

匹豐草青青寒不死食之豪健西域無（一云騰西域）每歲攻（一作收一作牧）駒冠邊鄙王有虎臣司苑門入門天廄皆雲屯驌驦一骨獨當御春秋二時歸（一作朝）至尊至尊內外馬盈億（鮑作內外馬數將盈億）伏櫪在坰空大存逸群絕足信殊傑倜儻權奇難具論纍纍塠阜藏奔突往往坡陁縱超越角壯翻同（一作騰）麋鹿遊浮深簸蕩黿鼉窟泉（一作海）出巨魚長比人丹砂作尾黃金鱗豈知異物同精氣雖未成龍亦有神

敘題起

驄馬行 太常梁卿勅賜馬也李鄧公愛而有之命甫製詩

鄧公馬癖人共知初得花驄大宛種夙昔傳聞思一見牽來左右神皆竦雄姿逸態何崷崪顧影驕嘶自矜寵隅目青熒夾鏡懸肉騣荆作騣碨礧連錢動朝來久草堂作少試華軒下未覺千金滿高價赤汗微生白雪毛銀鞍却覆香羅帕卿家舊賜公取之一云能取天一云有之廄眞龍此其亞晝洗須騰涇渭深朝荆作夕一作晨趨可刷幽并夜吾聞良驥老始成此馬數年人更驚豈有四

一層是看

二層是試

三層是賛

用賦語錘鍊深渾

蹄疾于鳥不與八駿俱先鳴時俗造次那得致雲霧
晦冥方降精近聞下詔喧都邑肯使（一作知有）騏驎地上
行

絶妙

去矣行

短篇奇壯只是過人

君不見韝上鷹一飽則飛掣焉能作堂上燕銜泥附
炎熱野人曠蕩無靦顏豈可久在王侯間未試囊中
餐玉法明朝且入藍田山

自京赴奉先縣詠懷五百字（天寶十四載十一月初作）

詠懷北征皆杜集大篇子美自許沉鬱頓挫碧海鯨魚後人贊其鋪陳排比渾涵汪茫正是此種學杜須從大處着眼方不落一知半解牛山后山尚未望見所在

深情老筆原本樂府小儒安足爲

杜陵有布衣老大意轉拙許身一何愚（樊作過）竊比稷與契居然成濩落白首甘（一云苦）契闊蓋棺事則已此志常覬豁窮年憂黎元歎息腸（一作腹）內熱取笑同學翁浩歌彌激烈非無江海志蕭洒送（一作迭）日月生逢堯舜君（一云堯爲君）不忍便永訣當今廊廟具構廈豈云缺葵藿傾太陽物性固莫（一作難）奪顧惟螻蟻輩但自求其穴胡爲慕大鯨輒擬偃溟渤以茲悟生理獨恥事干謁兀兀遂至今忍爲塵埃沒終愧巢與由未能

蚩尤乘輿前導之旗

雖議論而自有風旨

時事可知

其忠如此

易其節沉飲聊自適（一作遣）放歌頗愁絶歲暮百草零

疾風高岡裂天衢陰崢嶸客子中夜發霜嚴衣帶斷（樂府句）

指直不得（一作能）結凌晨過驪山御榻在嵽嵲蚩尤塞

寒空蹴踏崖谷滑瑶池氣鬱律羽林相摩戛君臣（一云聖君）

留懽娛樂動殷樛嶱（荆作樛葛一作嵑蝎作福嵑嶱一作湯嶱）賜浴

皆長纓與宴（一作謀）非短褐彤廷所分帛本自寒女出（杜老亦樂府法）

鞭撻（一作箠）其夫家聚斂貢城闕聖人筐篚恩實欲（一作

願邦國活臣如忽至理君豈棄此物多士盈朝廷仁

者宜戰慄況聞內金盤盡在衛霍室中堂舞一作有神
仙烟霧散一作蒙玉質煖客一云蒙貂鼠裘悲管逐清瑟
勸客駝蹄羹霜橙壓香橘朱門酒肉一作肉臭路有凍
死骨榮枯咫尺異惆悵難再述北轅就涇渭官渡又
改轍羣冰一作水從西下極目高崒兀疑是崆峒來恐
觸天柱折河梁幸未坼枝撐聲窸窣行旅相攀援川
廣不一作且可越老妻寄一作既異縣十口隔風雪誰能
久不顧庶往共饑渴入門聞號咷幼子飢一作餓已卒

其慈如此

置之三百篇中亦不愧

詠馬詠畫皆化出唐人一種工麗之體而獨高古蓋其用心在於自成不欲隨人作據也

吾寧捨一哀里巷亦陳作猶嗚咽所愧為人父無食致夭折豈知秋未一作禾登貧窶有倉卒生常陳作當免租稅名不隸征伐撫迹猶一作獨酸辛平人固騷屑默思失業徒因念遠戍卒憂端齊一作際終南澒洞不可掇

合如此結

奉先劉少府新畫山水障歌英華題云新畫山水障歌奉先尉劉單宅作

峭兀起開後來無數法門

堂上一作中不合生楓樹怪底江山一作山川起烟霧聞君掃却赤縣圖乘興遣畫滄洲趣畫師亦無數好手不

詩亦是下筆有神奇絶警絶

可遇對此融心神知君重毫素豈但祁岳與鄭虔筆迹遠過楊契丹得非元圃裂一作圻無乃瀟湘翻悄然坐我天姥下耳邊已似聞清猿反思前夜風雨急乃一作恐是蒲一作滿城鬼神入元氣淋漓障猶濕眞宰上訴天應泣野亭春還雜花遠漁翁暝蹋孤舟立滄浪水深青溟闊英華云滄浪之水深且闊欹岸側島英華云欹峯側岸秋毫末不見湘妃鼓瑟時至今斑竹臨江活劉侯天機精愛畫入骨髓自有兩兒郎揮灑亦莫比大兒聰明到

忽接景語大妙媚婉又語極幽秀

翻得出人意表

忽然及此作者亦不自意

五字是羈客真境

其多處固爲長技然刪去累句純然佳篇何必以多爲尚哉

能添老樹巔崖裏小兒心孔開貌音邈得山僧及童子若耶溪雲門寺吾獨胡爲在泥滓青鞵布襪從此始

白水縣崔少府十九翁高齋三十韻 天寶十五載五月作

客從南縣來浩蕩無與適旅食白日長況當朱炎赫高齋坐林杪信宿遊衍閴青晨陪躋攀傲睨俯峭壁崇岡相枕帶曠野懷一作迴咫尺始知賢主人贈此遣愁寂危堦根青冥曾冰生淅瀝上有無心雲下有欲落石泉聲聞復急一作息動靜隨所擊陳作激鳥呼藏

十丈蛟以下至雲霧積皆借眼前之景以影當時之事

骨堅氣聳少陵獨步

其身有似懼彈射吏隱道陳作道一作適情性兹焉其窟宅

白水見舅氏諸翁乃仙伯杖藜長松陰作尉窮谷僻

爲我炊雕胡逍遥展良覿坐久風頗愁一作怒晚來山

更碧相對十丈蛟欻翻盤渦坼何得空裏雷殷殷尋

地脉烟氛一作氣藹崷一作嵒崒魍魎森慘戚崑崙崆峒

顚廻首如一云知不隔前軒頹一作摧反照巉絕華岳赤

兵氣漲林巒川光雜鋒鏑知是相公軍鐵馬雲霧一作

烟積玉觴淡無味胡羯豈強敵長歌激屋梁淚下流

紅之墨綠之墨藍之墨

◎

長篇佳甚

祖席人生半哀樂天地有順逆慨彼萬國夫休明備征狄（一作敵）猛將紛塡委廟謀蓄長策東郊何時開帶甲且來（荆作耒）釋欲告清宴罷（一作疲）難拒幽明迫三歎酒食旁何由似平昔

三川觀水漲二十韻（天寶十五載七月中避寇時作）

我經華原來不復見平陸北上唯土山連天走窮（一作穹）谷火雲無時出（一云出無時）飛電常在目自多窮岫雨行潦相豗蹙蓊（音烏）匌（音閤又音溘）川氣黃羣流會空曲清

晨望高浪忽謂陰崖踣（音匐）恐泥竄蛟龍登危聚麋鹿
枯查卷拔樹礧磈共充塞聲吹鬼神下勢閱人代速
不有萬穴歸何以尊四瀆及觀泉源漲反懼江海覆
漂沙折岸去（一作去岸）漱壑松柏禿乘陵（陳作凌）破山門廻
幹裂（一作倒）地軸交洛赴洪河及關豈信宿應沈數州
沒如聽萬室哭穢濁殊未清風濤怒猶蓄何時通舟
車陰氣不（一云亦）黲黷浮生有蕩汩吾道正羈束人寰
難容身石壁滑側足雲雷此（一作屯）不已艱險路更跼

曾天無川梁欲濟願水縮因悲中林士未脫衆魚腹
舉頭向蒼天安得騎鴻鵠

此非房相之罪也耶而子美救之

可爲痛哭詩之能哀一至於此

悲陳陶

孟冬十郡良家子血作陳陶澤中水野曠（一作廣）天清（一作晴）無戰聲四萬義軍同日死羣胡歸來血（一作雪）洗箭仍唱（一云撚箭）胡歌飲都市都人廻面向北啼日夜更望官軍至（一云前軍苦如）

悲青坂

全篇佳勝只江水一句爲恨耳
西樵曰此段正追敘樂遊實事詩通解頗脗合

我軍青坂在東門天寒飲馬太白窟黃頭奚兒日向西數騎彎弓敢馳突山雪河冰野樊作晚樂府作已蕭颼一作颼一作颯青是烽一作人烟白人骨焉能附書與我軍忍待明年莫倉卒日夜更望官軍至人情如此忍待明年莫倉卒軍機如此此所以爲詩史也

哀江頭

少陵野老呑聲哭春日潛行曲江曲江頭宮殿鎖千門細柳新蒲爲誰綠憶昔霓旌下南苑苑中萬物生顏色昭陽殿裏第一人同輦隨君侍君側輦前才一作

轉摺矯健略無痕迹極黃門謂如百金戰馬注坡驀澗如履平地信然

又曰亂離事只敘得兩句清渭以下以唱嘆出之筆力高不可攀樂天長恨歌便覺相去萬里○又曰卽兩句亦是噫嘆不是實敘

舊評云起如童謠省敘事處尤從實抉看出次從龍準看寫然後叮嚀珍重切

西樵曰此等自是老杜獨絕他人一字不能道矣○又曰起似謠似讖突兀而

詞

人帶弓箭白馬嚼（一作噍）齧黃金勒翻身向天（一作空）仰射雲一箭（考異作笑蔡君謨作發）正墜雙飛翼明眸皓齒今何在血污遊魂歸不得清渭東流劍閣深去住彼此無消息人生有情淚沾臆江水（一作草）江花豈終極黃昏胡騎塵滿城欲往城南忘南北（一云望城北）

哀王孫

長安城頭頭白烏（樊作多白烏一作頭白烏）夜飛延秋門上呼又向（一作來）人家啄大屋屋底達官走避胡金鞭斷折九

切草間私語如
來省却多少補
聞其聲

詞體化出樂府而意義則雅頌之奧也如何替

狙竊聽也

馬死骨肉不待 得一作 同馳驅腰下寶玦青珊瑚可憐王孫泣路隅問之不肯道姓名但道困苦乞爲奴已經百日竄荊棘身上無有完肌膚高帝子孫盡隆 一作高 準龍種自與常人殊豺狼在邑龍在野王孫善保千金軀不敢長語臨交衢且爲王孫立斯須昨夜東 一作春 風吹血腥東來橐 一作駱 駝滿舊都朔方健兒好身手昔何勇銳今何愚竊聞天 一作太 子已傳位聖德北服南單于花門剺面請雪恥愼勿出口他人狙 一作

徂哀哉王孫慎勿疎五陵佳氣無時無

大雲寺贊公房四首

心在水精域衣霑春雨時洞門盡徐步深院果幽期到倒一作屏一作屟又作屧開復閉撞鐘齋及茲醍醐長發性飲飯一作食過扶衰把臂有多日開懷無媿辭黃鸝一作鶯度結構紫鴿下罘罳一云芳菲愚一作旎意會所適花邊行自遲湯休起我病微笑索題詩細軟青絲履光明白氎巾深藏供老宿取用及吾身

一起超超元箸

拙甚

文義難通

有何佳處

語似嘲

自在可想

西樵曰迥斷絕言殿宇之高玉繩亦爲殿蔽而斷絕也○又曰沃野字不倫

自顧轉無趣交情何尙新道林才不世惠遠德過人
雨瀉暮簷竹風吹靑（一作春）井芹天陰對圖畫最覺潤龍鱗
燈影照無睡心淸聞妙香夜深殿突兀風動金鋃鐺
天黑閉春院地淸棲暗芳玉繩迥斷絕鐵鳳森翱翔
梵放時出寺鐘殘仍殷牀明朝在沃野苦見塵沙黃
只有起結四句
童兒汲井華慣捷（海錄作慣健）瓶上（一作在）手霑灑不濡地

听當作狺一作狋

掃除似無箒明（一作晨）霞爛複閣霽霧搴高牖側塞被
徑花飄颻委墀（一作堦）柳艱難世事迫隱遁佳期後晤
語契深心那能總鉗口奉辭還杖策暫别終回首泱
泱（一作浹浹）泥汚人听听國多狗既未免羈絆（一作羇）時來
憩奔走近公如白雪執熱煩何有

杜工部集卷一終

杜工部集卷二目錄

古詩四十二首

杜工部集卷二目錄終

不見佳

舊評云第能此起不思薛翁

賞其生造

杜工部集卷二

古詩四十二首 避賊至鳳翔行在及歸鄜州還京師出華州作

蘇端薛復筵簡薛華醉歌

文章有神交有道端復得之名譽早愛客滿堂盡豪翰一作傑開筵上日一作月思芳草安得健步移遠梅亂插繁花向晴昊千里猶殘舊冰雪百壺且試開懷抱垂老惡聞戰鼓悲急一作殆觴爲緩憂心擣少年努力縱談笑看我形容已枯槁坐中薛華善一作能醉歌歌

杜撰無味

忽然生色

淋漓盡致

全篇佳妙

醉一云醉歌自作風格老近來海內爲一作無長句汝與山東李白好何劉沈謝力未工才兼鮑昭愁絕倒諸生頗盡新知樂萬事終傷不自保氣酣日落西風來願吹野水添注一作金盃如澠之酒常快意亦如荆作不知窮愁英華作未知窮達安在哉忽憶雨時秋井塌古人白骨生青苔如何不飲令心哀

晦日尋崔戢李封晦日謂正月晦日

朝光入甕牖尸一作方一作寔寢驚弊裘起行視天宇春氣

圓妙閒適

是集中陶詩可見杜無所不有

得此一段生色

全篇皆是唐人公派出杜公口

漸和柔興來（一云得興一云乘興）不暇嬾今晨梳我頭出門無所待徒（一作徙）步覺自由杖藜復恣意免値公與侯晚定崔李交會心眞罕儔每過得酒傾（一作喫）二宅可淹留喜結仁里懽况因令節求李生園欲荒舊（一作有）竹頗修修引客看掃除隨時成獻酬崔侯初筵色已畏空尊愁未知天下士至（一作志）性有此不草草既靑出蜂聲亦暖遊思見農器陳何當甲兵休上古葛天民不貽黃屋（一作漪）憂至今阮籍等熟醉爲身謀威鳳高

非尋常詩人語

此下少

自與他人不同至上古以下十句自出機軸就不爲妙信能爲異者須同而异也

其翔（一云自高翔）長鯨吞九州地軸爲之翻百川皆亂流當歌欲一放淚下恐莫收濁醪有妙理庶用（一云與）慰沈浮

西樵曰久旱雲亦好既雨晴亦佳皆是入骨臆間語公先探而出之耳

雨過蘇端（端置酒）

雞鳴風雨（一云雲）交久旱雲亦好杖藜入春泥無食起我早諸家憶所歷一飯（一作飽）跡便掃蘇侯得數過懽喜每傾倒也復（一作復也）可憐人呼兒具梨棗濁醪必在眼盡醉攄懷抱紅稠屋角花碧委（一作秀）墻隅草親賓

亦字綫　亦陶句

西樵曰亦是陶語

縱（絶一作）談詭喧閙畏衰老（畏一作慰）况蒙霈澤垂糧粒或自保妻孥隔軍壘撥棄不擬道

喜晴（一云喜雨）

皇天久不雨既雨晴亦佳出郭眺西郊肅肅（一作蕭蕭）春增華青熒陵陂麥窈窕桃李（一作杏）花春夏各有實我飢豈無涯干戈雖橫放慘澹鬭龍蛇甘澤不猶愈且耕今未賒丈夫則帶甲婦女終在家力難及黍稷得種菜與麻千載商山芝往者東門瓜其人骨已朽（一作

此亦字便不妨

刻附峻厲憂心傑氣

滅此道誰疵瑕英賢遇轗軻遠引蟠泥沙顧慙昧所適迴首白日斜漢陰有鹿門滄海有靈一作雲查焉能學衆口咄咄空一作同咨嗟

送率府程錄事還鄉程攜酒饌相就取別

鄙夫行衰謝抱病昏妄一作忘集常時往還人記一不識十程侯晚相遇與語才傑立薰然耳目開頗覺聰明八千載得鮑叔末契有所及意鍾一作中老柏青義動修蚍蟄若人可數見慰我垂白泣告別無淹晷百

首尾結構無毫髮遺憾便讀者想見其逃賊從君間関受職顧念家門不能舍君言者千古之下悲苦凄然詩

憂復相襲內愧突不黔庶羞以明一云庶賙給素絲挈長魚碧酒隨玉粒途窮見交態世梗悲路澁東風吹春冰泱莽草堂本作漭后土濕念君惜羽翮既飽更思戢莫作翻雲鶻聞呼向禽急

述懷一首

此以下自賊中竄歸鳳翔作

去年潼關破妻子隔絕久今夏草木長三字無故脫身得西走麻鞋見天子衣袖露兩肘朝廷慜生還親故傷老醜

圓善造語亦由思胆有本唯言不可强為也

涕淚授拾遺流離主恩厚柴門雖得去未忍即開口

可以觀倚觀於此

起就跌宕

寄書問三川不知家在否比聞同罹禍殺戮到雞狗山中漏茅屋誰復依戶牖摧頹蒼松根地冷骨未朽幾人全性命盡室豈相偶嶔岑（一作崟）猛虎場鬱結迴我首（情若何極）自寄一封書今已十月後反畏消息來寸心亦何有漢運初中興生平老耽酒沈思歡會處恐作窮獨（一作塗）叟

真率亦以朴勝

送長孫九侍御赴武威判官

起興切婉

驄馬新鑿蹄銀鞍被來好繡衣黃（舊本作白）白（而）郎騎向交河道

問君適萬里，取別何草草。天子憂涼州，嚴程到須早。去秋羣胡反，不得無電掃。（不徹）此行收遺甿（陳作牧），風俗方再造。族父領元戎，名聲國中（晉作閣）老。奪我同官良，飄飄按城堡。使我不能餐，令我惡懷抱。若人才思淵溟漲浸（一作漫），絶島尊前失，詩流塞上得（一作多）。國寶皇天悲，送遠雲雨白。浩浩東郊尚烽火，朝野色枯槁。西極柱亦傾，如何正穹昊。

自是佳篇

送樊二十三侍御赴漢中判官

全首沈鬱有奇氣

冰雪三語惟諸葛武侯足當之

威弧不能弦自爾無寧歲川谷血橫流豺狠沸相噬天子從北來長驅振凋敝頓兵岐梁下卻跨沙漠裔（不成語）二京陷未收四極我得制（亦不成語）蕭索（一作瑟）漢水清緬通淮湖稅使者紛星散王綱尚旒綴南伯從事賢君行立談際生（一作坐）知七曜歷手畫三軍勢冰雪淨聰明雷霆走精銳（豈不近拙然自可人）幕府輟諫官朝廷無此（一作比）例至尊方旰食仗爾布嘉惠補闕暮徵入柱史晨征憩（一作樊作補闕入柱史晨征固多憩）（憩字頗似趑趄）正當艱難時實藉長久計（接法好）迴風吹獨樹白日照

藍三之五

唐雖遭祿山之亂然非滅而再興似不得以後漢爲比

雄心銳氣奮發飛騰而造語雕字之力妙出筆墨

執袂慟哭蒼烟根山門萬重（一作里）閉居人莽牢落遊子方迢遞徘徊悲生離局促老一世陶唐歌遺民後漢更列（一作別）帝恨無匡復姿（一作資）聊欲從此逝

送從弟亞赴安西（一云河西）判官

南風作秋聲殺氣薄炎熾盛夏鷹隼擊時危異人至令弟草中來蒼然（一作茫）請論事詔書引上殿奮舌動天意兵法五十家爾腹爲篋笥應對如轉丸疏通略文字經綸皆新語足以正神器宗廟尚爲灰君臣俱

二句意箸而上句爲佳

一作皆下淚崆峒地無軸青海浩然本作淸海天軒輊一作軽未詳

西極最瘡痍連山暗烽燧帝曰大布衣藉卿佐元帥

坐看淸流沙所以子奉使歸當再前席適遠非歷一作虛

試須存武威郡爲畫長久利孤峯石戴驛快馬金

纒轡黃羊飫不羶蘆一作魯酒多還醉踴躍常人情慘

澹苦士志安邊敵何有反正計始遂吾聞駕鼓車不

合用騏驥龍吟廻其頭夾輔待所致

送韋十六評事充同谷郡防禦判官

昔没賊中時潛與子同遊今歸行在所王事有去留

偪側兵馬間主憂急良籌子雖軀幹小老一作志氣橫

九州挺身艱難際張目視寇讐朝廷壯其節奉詔令

參謀鑾輿駐鳳翔同谷爲咽喉西扼弱水道南鎮枹

罕一作氏羌陬此邦承平日剽刼吏所羞況乃胡未滅控

帶莽悠悠府中韋使君道足示懷柔令姪才俊茂二

美又何求受詞太白脚走馬仇池頭古色一作邑沙土

裂積陰雪雲一作霜雪稠一作積雪陰雲稠羌父豪豬靴一云帽羌

删

結語似爲不倫

此地抱河套之俑者

兒青兒裘晉作漢兵黑貂裘吹角向月窟蒼山一作山蒼旌旆愁

鳥驚出死樹龍怒拔老湫古來無人境今代橫戈矛

傷哉文儒士憤激馳林丘中原正格鬬後會何緣由

百年賦命定豈料沈與浮且復戀良友握手步道周

論兵遠壑淨亦可縱冥搜題詩得秀句札翰時相投

亦弱

塞蘆子

五城何迢迢迢迢隔河水邊兵盡東征城內空荆杞

思明割懷衛秀巖西未已廻一作迴略大荒來一作東崤

此老顯者極顯比物用意之類也朴者極朴敘寔事之類也

是魏漢樂府神味

函蓋虛爾延州秦北戶關防猶可倚焉得一萬人疾驅塞蘆子岐（一作頃）有薛大夫旁制山賊起近聞昆戎徒爲退三百里蘆關扼兩寇深意實在此誰能（晉作敢）叫帝閽（陳作門）胡行速如鬼

彭衙行

憶昔避賊初北走經險艱夜深彭衙道（一作門）月照白水山盡室久徒步逢人多厚顏參差谷鳥吟（一作鳴）不見遊子還癡女饑咬我啼畏虎狼（一作猛虎）聞懷中掩其

口反側聲愈嗔小兒強解事故索苦李餐一旬半雷
雨泥濘相牽攀既無禦雨（一作濕）備徑滑衣又寒有時
經（一作最）契闊竟日數里間野果充餱糧卑枝成屋椽
早行石上水暮宿天邊烟少留周（晉作固一作同）家窪欲出
蘆子關故人有孫宰高義薄曾雲延客已曛黑張燈
啓重門煖湯濯我足剪紙招我魂從此出妻孥相視
涕闌干衆雛爛熳睡喚起沾盤飧誓將與夫子永結
爲弟昆遂空所坐堂安居奉我懽誰肯艱難際豁達

起便不尋常

露心肝別來歲月周胡羯仍構患何當有翅翎飛去
墮爾前

北征 歸至鳳翔墨制放往鄜州作 東坡云北征詩識君臣之大體忠義之氣與秋色爭高可貴也

皇帝二載秋閏八月初吉杜子將北征蒼茫問家室
維時遭艱虞 一作危 朝野少暇日顧慚恩私被詔許歸
蓬蓽拜 一作奉 辭詣闕下 一云闔門 怵惕久未出雖乏諫諍
姿恐君有遺失君誠中興主經緯固密勿東胡反未
已臣甫憤所切揮涕戀行在道途 一作路 猶恍惚乾坤

少陵古詩佳處全從漢魏樂府出後人不解

含陳浩然本作合瘡痍憂虞何時畢靡靡踰阡陌人烟渺蕭瑟一作索所遇多被傷呻吟更流血廻首鳳翔縣旌旗晚明滅前登寒山重屢得飲馬窟邠郊入地底涇水中蕩潏猛虎立我前蒼崖吼時裂菊垂金秋花石戴一作帶一作載古車轍青雲動高興幽事亦可悅山果多瑣細羅生雜橡栗或紅如丹砂或黑如點漆雨露之所濡甘苦一作酸齊結實一作縹思桃源內益歎身世拙坡陀望鄜畤巖谷一作谷巖互出沒我行已水濱我僕猶

木末鴟鳥一作梟鳴黃桑野鼠拱亂穴夜深一作中經戰
場寒月照白骨潼關百萬師往者散一作敗何卒遂令
半秦民殘害爲異物況我墮一作隨胡塵及歸盡華髮
經年至茆屋妻子衣百結慟哭松聲迴一作廻悲泉共
幽一作鳴咽平生所嬌兒顏色白勝雪見耶背面啼垢
膩脚不襪床前兩小女補綻才一作纔過膝海圖拆波
濤舊繡移曲折天吳及紫鳳顛倒在裋一作短褐老夫
情懷惡嘔泄一作咽臥數日一云數日臥嘔泄那無一作能囊中

帛救汝寒懍慄粉黛亦解苞衾裯稍羅列瘦妻面復光癡女頭自櫛學母無不為曉糚隨手抹移時施朱鉛狼籍畫眉闊生還對童稚似欲忘飢渴問事競挽鬚誰能即嗔喝翻思在賊愁甘受雜亂聒新歸且慰意生理焉得說一作脫至尊尚蒙塵幾日休練卒仰觀一作看天色改坐一作旁覺祅氣一作氛豁陰風西北來慘澹隨回鶻一作胡紇其王願助順其俗善一作喜馳突送兵五千人驅馬一萬匹此輩少為貴四方服勇决所用

光燄萬丈乾坤雷硠此等詩豈足當之宋人以南山與北征並稱未免耳食昌黎必不敢

此詩意味所不能窮贊美所不能盡濫加圈點便成蛇足

皆鷹騰破敵過（一作如）箭疾聖心頗虛佇時議氣欲奪
伊洛指掌收西京不足拔官軍請深入蓄銳何（一作可陳浩然本作何）俱發此舉開青徐旋瞻略恆碣昊天積霜露
正氣有肅殺禍轉亡胡歲勢成擒胡月胡命其能久
皇綱未宜絕憶昨狼狽初事與古先別姦臣竟葅醢
同惡隨蕩析不聞夏殷（當作殷周）衰中自誅褒妲周漢獲
再興宣光果明哲桓桓陳將軍仗鉞奮忠烈微爾人
盡非于今國猶活淒涼大同殿寂寞白獸闥都人望

平正逼達而嫌淺率

翠華佳氣向金闕園陵固有神掃灑數不缺煌煌太
宗業樹立甚宏達

得舍弟消息

風吹紫荆樹色與春庭暮花落辭故枝風迴返無處
骨肉恩義重漂泊難相遇猶有淚成河經天復東注

徒步歸行 贈李特進自鳳翔赴鄜州途經邠州作

明公壯年值時危經濟實藉英雄姿國之社稷今若
是武定禍亂非公誰鳳翔千官且飽飯衣馬不復能

舊評起結悽黯讀者殆難爲情

只此數韵無限曲折詩正不在多也

後亦警策

竟刪四句更警

輕肥青袍朝士最困者白頭拾遺徒步歸人生交契無老少論交一作心何必先同調妻子山中哭向天須公櫪上追風驃

玉華宮 舊評哀思苦語

溪廻一作迴松風長蒼鼠竄古瓦不知何王殿遺構絕壁下陰房鬼火青壞道哀湍瀉萬籟眞笙竽一作竽瑟秋色一作氣一作光正一作極蕭灑美人爲黃土況乃粉黛假當時侍金輿故物獨石馬憂來藉草坐浩歌淚盈把冉

冉征途間誰是長年者

簡遠淒涼正以少許勝人多許

九成宮 全篇俱佳

蒼山八百里崖斷如杵臼曾宮憑風迥迴一作岌嶪土囊口立神扶棟梁宇一作鑿翠開戶牖其陽產靈芝其陰宿牛斗紛披扶一作長松倒側一作揭嶭怪石走哀猿啼一聲客淚迸林藪荒哉隋家帝製此今頹朽向使國不亡焉為巨唐有雖無新增修尚置官居守巡非瑤水遠跡是雕牆後我行來一作屬時危仰望嗟嘆久

二首俱佳第一首尤絶一字一句摟出肺腸令人莫知措手而宛轉周至躍然目前又若尋常人所欲道者

天王守晉晁並作狩趙云守音狩太白駐馬更搔一作同首

羌村 三首

彭衙羌村是漢魏古詩第不襲其面目耳解人自得之

崢嶸赤雲西日脚下平地柴門鳥雀噪歸客一云客子千里至妻孥怪我在驚定一作走還拭淚世亂遭飄蕩生還偶然遂鄰人滿牆頭感歎亦歔欷夜闌更秉燭相對如夢寐

晚歲迫偷生還家少歡趣嬌兒不離膝畏我復却去憶昔好一作多追涼故繞池邊樹蕭蕭北風勁撫事煎

如此起句所謂信手拈來頭頭是道

百慮賴知禾黍（一作黍秫 一作黍稌）收已覺糟牀注如今足斟酌且用慰遲暮

羣雞正（一作忽）亂叫客至雞鬭爭（一云正生）驅雞上樹木始聞扣柴荆父老四五人問我久遠行手中各有攜傾榼濁復淸苦（一作莫）辭酒味薄黍地無人耕兵革既未息兒童（一作郎）盡東征請爲父老歌艱難媿深（一作餘）情歌罷仰天歎四座淚縱橫

偪仄行贈畢曜（一云息息行篇中字亦作息息英華作贈畢四曜）

此方是杜老之能而正人之所不能也

偪仄何偪仄我居巷南子巷北可恨鄰里間十日不一見顔色自從官馬送還官行路難行澁如棘我貧無乘非無足昔者相過今不得實不是一作未敢愛微軀一云慵相訪又非關足無力徒步翻愁官長怒此心炯炯君應識曉來急雨春風顛睡美不聞鐘鼓傳東家蹇驢許借我泥滑不敢騎朝天已令請急會通籍一云已令把牒還請假男兒信一作性命絕可憐焉能終日心拳拳憶君誦詩神凜然辛夷始花亦一作又已落況我與子非

大爲工鍊偏峭風韻然句句皆到

流輩伯三字不佳

壯年街頭酒價常苦貴方外酒徒稀醉眠速宜一作徑須相就飲一斗恰有三百青銅錢

送李校書二十六韻

代北有豪鷹生子毛盡赤渥洼騏驥兒一作種尤異是龍一作虎脊李舟名父子淸峻流樊作時輩伯人間好少年一作妙不必須白皙十五富文史十八足賓客十九授校書二十聲輝一作燁樊作烜赫衆中每一見使我潛動魄自恐二男兒辛勤養無益乾元元一作二年春萬姓

拒典體

始安宅舟也衣絲衣告我欲遠適倚門固有望歛袵就行役南登吟白華已見楚山碧藹藹咸陽都冠蓋日雲一作已如積何時太夫人堂上會親戚汝翁草明光天子正前席歸期豈爛漫別意終感激顧我蓬屋姿謬通金閨一作門籍小來習性懶晚節一作歲慵轉劇每愁悔吝作如覺天地窄羨君齒髮新行已能夕惕臨岐意頗切對酒不能喫廻身視綠野慘澹如荒澤老鴈春忍陳作忍春饑哀號待枯麥時哉高飛鷰絢練新羽

比也

亦不見佳

此詩以中興字爲主望重致太宗之盛也前半歸功諸將後半深望相臣

做帝初居壁律

鬷長雲濕褒斜漢水饒巨石無令軒車遲衰疾悲夙昔

洗兵馬 收京後作

此杜集七言古中極整麗可法者

中興諸將收山東捷書日荆作夜又作夕報清晝同河廣傳聞一葦過胡危命在破竹中秖殘鄴城不日得獨任朔方無限功京師皆騎汗血馬回紇餧肉葡萄宮已喜皇威清海岱常思仙仗過崆峒三年笛裏關山月萬國兵前草木風成王功大心轉小郭相謀深一作謀猶

不成話說

此語豈不好然終是

鶴禁二語是晉法

時玄宗已歸也

一作深謀古來少司徒清鑒懸明鏡尚書氣與秋天杳二
三豪俊爲時出整頓乾坤濟時了東走無復憶鱸魚
南飛覺有安巢鳥青春復隨冠冕入紫禁吳本作駕正耐
烟花繞鶴禁欠通霄鳳輦備雞鳴問寢龍樓曉一作虵攀
龍附鳳勢一作世莫當天下盡化爲侯王汝等豈知蒙
一作象帝力時來不得誇身強關中既留蕭丞相幕下舊註指蕭華或作房琯
復用張子房張鎬張公一生江海客身長九尺鬚眉蒼徵
起適遇風雲會扶顛始知籌策良青袍白馬更何有

後漢今周喜再昌寸地尺天皆入貢奇祥異瑞爭來送不知何國致白環復道諸山得銀甕隱士休歌紫芝曲詞人解（西溪叢語善本作角）撰河清（一云清河）頌田家望望惜雨乾布穀處處催春種淇上健兒歸莫嬾城南思婦愁多夢安得壯士挽天河淨洗甲兵長不用

○留花門

北門（一作北方一作花門）天驕子飽肉氣勇決高秋馬肥健挾矢射漢月自古以爲患詩人厭薄伐脩德使其來羈

留之故

幾於押韻而已

留之不及

又一體

欲奇不奇世人往往美此起語

縻固不絕胡為傾國至出入暗金闕中原有驅除隱忍用此物公主歌黃鵠君王指白日連雲屯左輔百里見積雪長戟鳥休飛哀笳曙（一作曉）幽咽田家最恐懼麥倒桑枝折沙苑臨清渭泉香草豐潔渡河不用船千騎常撇烈（一云滅沒正異作撇捩）胡塵踰太行雜種抵京室花門旣須留原野轉蕭瑟

病後過（一作遇）王倚飲贈歌

麟角（一作麟魚）鳳觜世莫識（一作辨）煎膠續弦奇自見尚看

眞說夢也

王生抱此懷在于甫也何由羡且遇王生慰疇昔素知賤子甘貧賤酷見凍一作陳餒不足耻多病沈年苦無健王生怪我顏色惡答云伏枕艱難徧瘧癘三秋孰可忍寒熱百日相交戰頭白眼暗坐有胝肉黃皮皺命如綫惟生哀我未平復爲我力致美肴膳遣人向市賒香粳喚婦出房親自饌長安冬菹酸且綠金城土酥靜如練兼求富豪一作畜豪一作畜豕且割鮮密沾斗酒諧終宴故人情義一作味晚誰似令我手腳輕欲漩

讀之淚下

一作旋老馬爲駒信一作總不虛當時得意況深眷但使殘年飽喫飯只願無事常相見 詩亦淺俗

湖城東遇孟雲卿復歸劉顥宅宿宴飲散因爲醉歌 蔡本題上有冬末以事之東都七字

疾風吹塵暗河縣行子隔手不相見湖城城南一作城東一開眼駐馬偶識雲卿面向非劉顥爲地主嬾廻鞭轡成高一作城南宴劉侯歎一作歡我攜客來置酒張燈促華饌且將欵曲終今夕一云今東休語一作話艱難尚酬

朱為佳

戰照室紅爐促曙光英華作簇曙花縈窻素月垂文一作秋練

天開地裂長安陌一作春寒盡春生一作紫陌春寒洛陽殿豈

知驅車復同軌可惜刻漏隨更箭人生會合不可常

庭樹雞鳴淚如綫一云霰

閿鄉姜七少府設鱠戲贈長歌　音文長

姜侯設鱠當嚴冬昨日今日皆天風河凍未漁一云取魚

一云黃河美魚一云黃河冰魚一云黃河味魚不易得鑿冰恐侵河伯宮饔

人受魚鮫人手洗魚磨刀魚眼紅無聲細下飛碎一作

短篇亦好

我已衰而子乃貴也

素雪有骨已剩觜（平聲）春葱偏勸腹腴愧年少軟炊香飯（一作粳）緣老翁落碪何曾白紙濕放筯未覺金盤空新歡便飽姜侯德清觴異味情屢極東歸貪（一作貧）路自覺難欲別上馬身無力可憐為人好心事於我見子真顏色不恨我衰子貴時悵望且為今相憶

戲贈閿鄉秦少公（陳浩然本作翁草堂作少府）短歌

去年行宮當（一作守）太白朝廻君是同舍客同心不減骨肉親每語見許文章伯今日時清兩京道相逢苦

覺人情好昨夜邀歡樂更無多才依舊能潦倒

李鄠縣丈人胡馬行

丈人駿馬名胡騮前年避胡（一作賊）過金牛迴鞭却走見天子朝飲漢水暮靈州自矜胡騮奇絕代乘出千人萬人愛一聞說盡急難材轉益愁向駑駘輩頭上銳耳批秋竹脚下高蹄削寒玉始知神龍別有種不比俗（一作凡）馬空多肉洛陽大道時再清累日喜得俱東行鳳臆龍鬐（一作龍鱗一作鱗鬐一作麟鬐）未易識側身注目長

奇事奇篇此亦杜公之能人固不能而亦不必能也

風生

義鶻（宋刻諸本皆曰義鶻行惟吳若本無行字）

陰崖有蒼（一作二）鷹，養子黑柏顛。白蛇登其巢，吞噬（一作）之恣（一作資）。朝餐雄飛遠求食，雌者鳴辛酸。力強不可制，黃口無（一作寧）半存。其父從西歸（一作來），翻身入長烟。斯須領健鶻，痛憤（一云憤懣，一云寃憤）寄所宣。斗上振孤影，噭哮（一作無聲）來九天。修鱗脫遠枝，巨顙拆老拳。高空得蹭蹬，短（一作茂）草辭蜿蜒。折尾能一掉（一作擺），飽腸皆（一作今）

◎

目此鶻爲魯仲連輩人矣○便佳更不盡

已一作以一云已皆穿生雖滅衆雛死亦垂千年物情有報
復快意貴目前茲實鷙鳥最急難心炯一作詼然功成
失所往一作在用捨何其賢近經潏水湄此事樵夫一作
人傳飄蕭覺素髮凜欲一作烈一作若衝儒冠人生許與一云
計有分只在一云亦存顧盼間聊爲義鶻行用一作永激壯士
肝

畫鶻行一作畫雕　全篇皆佳

高堂見生一作老鶻颯爽動秋骨初驚無拘攣一作卷何

昌黎似此

得立突兀乃知畫師妙功（一作巧）刮造化窟寫作（一作此）神俊姿充君眼中物烏鵲滿樛枝軒然恐其出側腦看青霄寧爲衆禽沒長翮如刀劍人寰可超越乾坤空崢嶸粉墨且蕭瑟緬思（一作想）雲沙際自有烟霧質吾今意何傷顧步獨紆鬱

瘦馬行（英華作老馬）

東郊瘦（一作老）馬使我傷骨骼（一作骸）硉兀如堵牆絆之欲動轉欹側此豈有意仍騰驤細看六（一作火）非印帶官

新安至無家六首皆子美時樂府也曲折悽愴

字衆道三一作官軍遺路旁皮乾剝落雜一作盡泥滓毛
暗蕭條連雪霜去歲奔波逐餘寇驊騮不慣不得將
士卒多騎內廄馬惆悵恐是病乘黃當時歷塊誤一
蹶委棄非汝能一作難周防見人慘澹若哀訴失主錯
莫無晶光天寒遠放雁為伴一作侶日暮不一作未收烏
啄瘡一云不衣烏作瘡誰家且養願終惠更試明年春草長

新安吏收京後作雖收兩京賊猶充斥　此篇甚佳

客行新安道喧呼聞點兵借問新安吏縣小更無丁

真堪流鬼神
于深文云古者
遣將有推轂分
閫之命今東師
于敵也虛至于
無告其君臣豈
不可刺哉然子
儀猶宥度得衆
故卒美為事權
乎新文從乎古
絕作也

府帖（一作符）昨夜（一作日）下次選中男行中男絕短小何以守王城肥男有母送瘦男獨伶俜白水暮東流青山猶（一作聞）哭聲莫自使眼枯收汝淚縱橫眼枯卽（一作却）見骨天地終無情我軍取（一作土）相州日夕望其平豈意賊難料歸軍星散營就糧近故壘練卒依舊京掘壕不到水牧（一作看）馬役亦輕況乃王師順撫養甚分明送行勿泣血（一作垂泣）僕射如父兄（此與石壕皆記鄴軍潰後子儀斷河陽橋保東都事也）

潼關吏

王云此詩刺非其人則與關以棄之得其人雖舊險亦足恃此所謂地利不如人和也

王云嗟民之丁壯盡置死地而猶及其老弱嗚

士卒何草草築城潼關道大城鐵不如小城萬丈餘
借問潼關吏修關（一作築城）還備胡要我下馬行為我指
山隅連雲列戰格飛鳥不能踰胡來但自守豈復憂
西都丈（一作大）人視要處窄（一作窄）狹容單車艱難奮長
戟萬（吳本作千）古用一夫哀哉桃林戰百萬化為魚請囑
防關將慎勿（一作莫）學哥舒

○石壕吏

莫投石壕村有吏夜捉人老翁踰墻走老婦出門看

呼其時急已哉

吏呼一何怒婦啼一何苦聽婦前致詞（蘇潤公本作老婦出看門）三男鄴城戍一男附書至（一作到）二男新戰死存（一作在）者且（一作是）偷生死者長已矣室中更無人惟（文粹作所）有乳下孫有孫母未去（陳浩然本作孫有母未去）出入（一作更）無完裙（一云孫母未便出見吏無完裙）老嫗力雖衰請從吏夜歸急應河陽役猶得備晨炊夜久語聲絕如聞泣幽咽天明登前途獨與老翁別

新婚別

二吏三別古雅沉挫超古絕後令人真無復措筆矣

發乎情止乎義故是三百篇之遺

王云先王之政有新婚姻者期不役此之所怨乃其常分而能不忘禮義是可錄也

兔絲附蓬麻，引蔓故（一作固）不長。嫁女與征夫，不如棄路旁。結髮爲妻子（樊作子妻），席不煖君床。暮婚晨告別，無乃太怱忙。君行雖（一作既）不遠，守邊赴（一作戍）河陽。妾身未分明，何以拜姑嫜。父母養我時，日夜（草堂本作月夜）令我藏。生女有所歸，雞狗（一作犬）亦得將。君今往死地（陳浩然本君今死生地，草堂本君生往死地），沈痛迫中腸。誓欲隨君去（一作往），形勢反蒼黃。勿爲（一作改）新婚念，努力事戎行。婦人在軍中，兵氣恐不揚。自嗟貧家女，久致羅襦裳。羅襦不復

王云軍興之際至老者亦介冑則有甚于闕左之戍矣

互相憐痛聲情宛然

施對君洗紅糚仰視百鳥飛大小必雙翔人事一作生多錯迕與君永相望

垂老別

四郊未寧靜垂老一作死不得安子孫陣亡盡焉用身獨完投杖出門去同行爲辛酸幸有牙齒存一作好所悲骨髓一作肉乾男兒既介冑長揖別上官老妻卧路啼歲暮衣裳單孰知是死別且復傷其寒此去必不歸還聞勸加餐土門壁甚堅杏園度亦難勢異鄴城

王云先王子惠窮困苟推其不忍達之於其所忍則天下無敗亂之兆矣

下縱死時猶（一作獨）寬人生有離合豈擇衰老（一作盛）端
憶昔少壯日遲迴竟長歎萬國盡征戍（一云東征）烽火被
岡巒積屍草木腥流血川原丹何鄉為樂土安敢尚
盤桓棄絕蓬室居塌然摧肺肝

無家別

寂寞天寶後園廬但蒿藜我里百（一作萬）餘家世亂各
東西存者無消息死者為（一作委）塵泥賤子因陣敗歸
來尋舊（一作故）蹊久行見空巷（一作室）日瘦氣慘悽但對

狐與狸豎毛怒我啼四鄰何所有一二老寡妻宿鳥戀本枝安辭且窮棲方春獨荷鋤日暮還灌畦縣吏知我至召令習鼓鞞雖從本州役內顧無所攜近行止一身遠去終轉迷家鄉既盪盡遠近理亦齊永痛長病母五年委溝谿生我不得力終身兩酸嘶人生無家別何以爲烝黎

○夏日歎 二歎俱全

夏日出東北陵天經晉作經天陵中街朱光徹厚地鬱蒸

何由開上蒼久無雷無乃號令乖雨降不濡物良田起黃埃飛鳥苦熱死池魚涸其泥萬人尚流冗舉目唯蒿萊至今大河北化（化一作盡）作虎與豺浩蕩想幽薊王師安在哉對食不能餐我心殊未諧眇然貞觀初難與數子偕

夏夜歎

永日不可暮炎蒸毒我（一作中）腸安得萬里風飄飖吹我裳昊天出華月茂林延疏光仲夏苦夜短開軒納

似太俚不可倣

好則好律則不佳

微涼虛明見纖毫羽蟲亦飛揚物情無巨細自適固其常念彼荷戈士窮年守邊疆何由一洗濯執熱互相望竟夕擊刁斗喧聲連萬方青紫雖被體不如早還鄉北城悲笳發鸛鶴號且翔況復一作懷煩促倦激烈思時康

早秋苦熱堆案相仍時任華州司功

七月六日苦炎蒸一作熱對食暫餐還不能每一作常愁夜中一作來自足蝎況一作仍乃秋後轉一作復多蠅束帶

短篇動人

發狂欲大叫簿書何急來相仍南望青松架短（一作絕）
壑安得（一作能）赤脚踏層氷

當作律詩讀尤老

立秋後題

音節備古

日月不相饒節序昨夜隔元蟬無停號秋燕已如客
平生獨往願惆悵年半百罷官亦由人何事拘形役

杜工部集卷二終

三四

杜工部集 巻三四

◎

杜工部集卷三目錄

古詩七十八首

鹽井

寒硤

法鏡寺

青陽峽

龍門鎮

石龕

積草嶺

泥功山

杜工部集卷三目錄終

杜工部集卷三

古詩七十八首 寓秦州及同谷縣行赴蜀中作

貽阮隱居 昉

陳留風俗衰人物世不數塞上得阮生迥繼先父祖貧知靜者性自晉作白益毛髮古車馬入隣家蓬蒿翳環堵淸詩近道要識子一作字用心苦尋我草逕微寒裳踏寒雨更議居遠村避喧甘猛虎足明箕潁客榮貴如糞土

遣興三首

下馬古戰場四顧但茫然風悲浮雲去黃葉墜（一墮）我前朽骨穴螻蟻又爲蔓草纏故老行歎息今人尚開邊漢虜互勝負（樊作失約）封疆不常全安得廉耻（一作頗）將三軍同晏眠

高秋登塞（一作寒）山南望馬邑州降虜東擊胡壯健盡不留窮廬莽牢落上有行雲愁老弱哭道路願聞甲兵休鄴中事反覆（一云何蕭條）死人積如丘諸將已茅土

忽然無端便自不好

載驅誰與謀

豐年孰一云記一云亦云遲甘澤不在早耕田秋雨足禾黍已映道春苗九月交顏色同日老勸汝衡門士勿悲尚枯槁時來展材力先後無醜好但訪鹿皮翁忘機對芳一作荒莫

亦不好

昔遊

昔謁華蓋君深求洞宮腳陳作綠袍崑玉腳玉陳作人棺已上天白日亦寂一作冥冥暮昇艮岑晉作峰頂巾几猶未却

不成句

子美說仙與太白適異讀昔遊幽人二詩自見

弟子四五人入來淚俱落余時游名山發軔在遠壑良覿違夙願含凄（晉作悽）向寥廓林昏罷幽磬竟夜伏石閣王喬下天壇微月映皓鶴晨溪嚮虛駛歸徑行已昨豈辭青鞵胝悵望（一云惆悵）金匕藥東蒙赴舊隱尚憶同志樂休（一作伏）事董先生于今獨蕭索胡爲客關塞道意久衰薄妻子亦何人丹砂負前諾雖悲鬒髮變（一云鬢須鬢變）未憂筋力弱扶（一作杖）藜望清秋有興入廬霍

點染遠如不難
結構愜屬異質

幽人

孤雲亦羣遊神物有所歸麟（一作靈）鳳在赤霄何當（一作嘗）一來儀往與惠荀（一作詢）輩中年滄洲期天高無消息棄我忽若遺內懼非道流幽人見（一作在）瑕疵洪濤隱語笑（樊作笑語）鼓枻蓬萊池崔嵬扶桑日照曜珊瑚枝風帆倚翠蓋（一作巘）暮把東皇衣嗽嗽元和津所思烟霞（一作霧）微知名未足稱局促商山芝五湖復浩蕩歲暮有餘悲

◎

構事無次託意太類令人讀之不洒然雖其傑然不好知也

舊評似悲似訴自言自誓矜持慷慨修潔端麗書有所不如論有所不及

佳人

絕代有佳人幽居在空谷(一作山)自云良家子零落依草木關中昔喪敗(一作亂)兄弟遭殺戮官高何足論不得收骨肉世情惡衰歇萬事隨轉燭夫婿輕薄兒新人已(一作美)如玉合昏尚知時鴛鴦不獨宿但見新人笑那聞舊人哭在山泉水清出山泉水濁侍婢賣珠迴牽蘿補茅屋摘花不插髮(一作髻一作鬢)采柏動盈掬(一作握)天寒翠袖薄日暮倚修竹

真漢魏樂府

亦好

赤谷西崦人家

躋險不自喧（荆作暄一作安）出郊已清目溪廻日氣暖逕轉山田熟鳥雀依茅茨藩籬帶松菊如行武陵暮欲問桃花源（一作宿）

西枝村尋置草堂地夜宿贊公土室二首

出郭眄細岑披榛得微路溪行一流水曲折方屢渡贊公湯休徒好靜心迹素昨枉霞上作盛論岩中趣怡然共攜手恣意同遠步捫蘿澀先登陟巘眩反顧

生情又在惆悵沉吟字言愛此藤樹而不能留也

超語幽寂清景如見

要求陽岡煖苦陟晉作步陰嶺沍惆悵老大藤沈吟屈蟠樹卜居意未展杖策廻且暮層巔一作天餘落日草蔓已多露

[illegible]然然境自然語

天寒鳥已歸月出人晉作山更一作已靜土室延白光松門耿疎影躋攀倦日短語樂記夜永明燃林中薪暗汲石底一作泉井大師京國舊德業天機秉從來知許遊興趣江湖迴數奇謫闕塞道廣存箕潁何知戎馬間復接塵事屏幽尋豈一路遠色有諸嶺晨光稍朦

却無聲調自爾傷天趣矣

朧更越西南頂　章法整密

寄贊上人

一昨陪錫杖卜隣南山幽年侵腰脚衰未便陰崖秋
重岡北面起竟日陽光留茅屋買一作置兼土斯焉心
所求近聞西枝西有谷杉黍一作漆稠亭午頗和暖石一作沙
田又足收當期塞一作寒雨乾宿昔齒疾瘳徘徊
虎穴上面勢龍泓頭柴荊具茶茗逕一作造路通林丘
與子成二老來往亦風流

是一奇篇有此題無此詩則辜負此題奇哉奇哉用語刻峭自不必說

太平寺泉眼

招提憑高岡疏散連草莽出泉枯柳根汲引歲月古石間一作門見海眼天畔縈水府廣深丈尺間宴息敢輕侮青白二小蛇幽姿可時覩如絲氣或上爛熳爲雲雨山頭到山下鑿井不盡土取供十方僧香美勝牛乳北風起寒文弱藻舒一作勝翠縷明涵客衣淨細蕩林影趣何當宅下流餘潤通藥圃三春濕黃精一食生毛羽

詩亦明淨徹底可玩

◎

安得不下淚

讀之尚如夢

情深至此

上云明我長相憶此又言情親見君意魂夢相接至頂至苦

舊評此兩詩趣語千言萬恨

夢李白二首

死別已吞聲生別常惻惻江南瘴癘地逐（遠一作）客無消息故人入我夢明我長相憶恐非平生魂路遠（一作迷）不可測魂來楓葉（一作林）青魂（一作夢）返關塞黑君今在羅網何以（作似）有羽翼落月滿屋梁猶疑照（樊作見）顏色水深波浪闊無使蛟龍得

招魂大招之遺

古甚

浮雲終日行遊子久不至三夜頻夢君情親見君意告歸常局促苦道來不易江湖多風波（一云秋多風）舟楫

恐失墜出門搔白首若（一作苦）負平生志冠蓋滿京華

斯人獨顦顇孰云網恢恢將老身（一作才）反累千秋萬

歲名寂寞身後事

有懷台州鄭十八司戶 虔

天台隔三江（一云江海）風浪無晨暮鄭公縱得歸老病不

識路昔如水（一作江晉作天）上鷗今如（樊作爲）罝中兎性命由

他人悲辛但狂顧山鬼獨一脚蝮蛇長如樹呼號傍

孤城歲月誰與度從來魑魅多爲（一作被）才名悞夫

殊無風旨

諸詩亦從魏晉出自成杜體子美所謂精熟文選理

子嵇阮流更被（晉作遭）時俗惡海隅微小吏眼暗髮垂素黃帩映（一云鳩杖近）靑袍非供折腰具平生一杯酒見我故人遇相望無所成乾坤莽迴互

甚可通

遣興五首

語須看註

蟄龍三冬臥老鶴萬里心昔時賢俊人未遇猶視今嵇康不得死（一云且不死）孔明有知音又如壠底（草堂作壠坻）松用捨在所尋大哉霜雪幹歲久爲枯林

昔者（一作在昔）龐德公未曾入州府襄陽耆舊間處士節

皆有魏人風骨以其不造一種苦怪語也

獨一作猶苦豈無濟時策一作術終竟畏羅罟一作終歲畏罪罟
林茂鳥有歸水深魚知聚舉家依一作隱鹿門劉表焉
得取

我今日夜憂諸弟各異方不知死與生何況道路長
避寇一分散饑寒永相望豈無柴門歸一作掃欲出畏
虎狼仰看雲中雁禽鳥亦有行

蓬生非無根漂蕩隨高風天寒落萬里不復歸本叢
客子念故宅三年門巷空悵望但烽火戎車滿關東

此下遣興十首稍近步兵

生涯能幾何常在覊旅中

昔在洛陽時親友相追攀送客東郊道遨遊宿南山烟塵阻長河樹羽成皇閒迴首載酒地豈無一日還丈夫貴壯健慘戚非朱顏

遣興五首 篇篇皆佳

朔風飄胡雁慘澹帶砂礫長林何蕭蕭秋草萋更碧北里富薰天高樓夜吹笛焉知南鄰客九月猶絺綌

長陵銳頭兒出獵待明發騂一作解弓金爪鏑白馬蹴

太眞率之風刺之旨

古樂府之妙者

微雪未知所馳逐但見暮光滅歸來懸兩很門戸有
旌節
漆有用而割膏以明自煎蘭摧白露下桂折秋風前
府中羅舊尹沙道尚依然赫赫蕭京兆今爲時所憐
猛虎憑其威往往遭急縛雷吼徒咆哮枝撑已在脚
忽看皮寢處無復睛閃爍人有甚于斯足以勸一作戒
元惡
朝逢一作遊富家葬前後皆一作見輝光共指親戚大緦

麻百夫行送者各有死不須羨其強君看束練（一作縛）去亦得歸山岡

遣興五首（篇篇皆佳）

天用莫如龍有時繫扶桑頓轡海徒涌神人身更長性命苟不存英雄徒自強吞聲勿復道眞宰意茫茫

地用莫如馬無良復誰記此日千里鳴追風可君意君看渥洼種態與駑駘異不雜（一作在）蹄齧間逍遙有能事

> 超奇縱脫

> 陶亦欲子不仕宋耳非掛懷負恩也

> 不然孟集一卷只二十首可存耳

陶潛避俗翁未必能達道觀其著詩集頗亦恨枯槁達生豈是足默識蓋不早有子賢與愚何其掛懷抱

賀公雅吳語在位常清狂上疏乞骸骨黃冠歸故鄉爽氣不可致斯人今則亡山陰一茅宇江（一作淮）海日淒涼

吾憐孟浩然裋褐即長夜賦詩何必多往往凌鮑謝清江空舊魚（一作舊魚美一作舊美魚）春雨餘甘蔗每望東南雲令人幾悲吒

前後出塞俱賦天寶間事疑此當作于天寶末載舊註云乾元時公在秦州思天寶間事而作不知何據玩詩意似亦非追作也姑存疑俟考

劉須溪云如親歷其苦極征行之意人所不能自道詩必如此序情悃款之際其庶幾乎○○

前出塞九首

戚戚去故里，悠悠赴交河。公家有程期，亡命嬰禍羅。君已富土境，開邊一何多。棄絕父母恩，吞聲行負戈。

出門日已遠，不受徒旅欺。骨肉恩豈斷，男兒死無時。（欠氣勢）走馬脫轡頭，手中挑青絲。捷下萬仞（一作丈）岡，俯身試搴旗。

磨刀嗚咽（一作呼）水，水赤刃傷手。欲輕腸斷聲，心緒亂已久。丈夫誓許國，憤惋復何有。功名圖騏驎，戰骨當

看他九首章法
從出門至論功
一一有次第

速朽、

送徒既有長、遠戍亦有身、生死向前去、不勞吏怒嗔、

路逢相識人、附書與六親、哀哉兩決絕、不復同（一作問）

苦辛、（通篇都完猶有樂府意）

迢迢萬餘里、領我赴三軍、軍中異苦樂、主將寧盡聞、

隔河見胡騎、倏忽數百羣、我始爲奴僕、幾時樹功勳、

挽弓當挽強、用箭當用長、射人先射馬、擒賊先擒王、

殺人亦有限、列（一作立）國自有疆、苟能制侵陵、豈在多

（老成深識語是軍士口語）

結學魏人然魏人緩而有意此殊無謂

此詩佳極矣然終是唐人之佳者

殺傷

驅馬天雨雪軍行入高山逕危抱寒石指落曾冰間

此律詩之小者不稱古風

已去漢月遠何時築城還浮雲暮南征可望不可攀

單于寇我壘百里風塵昏雄劍四五動彼軍爲我奔

虜其名王歸繫頸授轅門潛身備行列一勝何足論

從軍十年餘能無分寸功衆人貴苟得欲語羞雷同

苦不類軍中語

中原有鬭爭況在狄與戎丈夫四方志安可辭固一作困窮

四句太直
比前尤覺蒼然

舊評復欲一語形容妙極軍中
似此殆千古了氣象宛然
可得

矯矯獨秀何必
建安

後出塞五首

男兒生世間，及壯當封侯。戰伐有功業，焉能守舊丘。召募赴薊門，軍動不可留。千金買馬鞭（一作鞍），百金裝刀頭。閭里送我行，親戚擁道周。斑白居上列，酒酣進庶羞。少年別有贈，含笑看吳鉤。純用魏人體格口氣

朝進東門營（營一作門），暮上河陽橋。落日照大旗，馬鳴風蕭蕭。平沙列萬幕，部伍各見招。中天懸明月，令嚴夜寂寥。悲笳數聲動，壯士慘不驕。借問大將誰，恐是霍

◎

重高勳卽貪功好戰意

隱憂在此

嫖姚　氣勢大好

古人重守邊今人〔一作日〕重高勳豈知英雄主出師亘　語拙甚

〔英華作直〕長雲六合已一家四夷且孤軍遂使貔〔樊作螭〕虎　惡句　又拙

〔一作武〕士奮身勇所聞拔劍擊大荒日收胡馬羣誓開

元冥北持以奉吾君

獻凱日繼踵兩蕃靜無虞漁陽豪俠地擊鼓吹笙竽

雲帆轉遼海粳稻來東吳越羅與楚練照耀輿臺軀

主將位益崇氣驕凌上都邊人不敢議議者死路衢

東坡云味此詩蓋祿山反時其將校有脫身歸國者而賊殺其妻子不知其姓名爲可限也

寫至退軍人颯然氣盡

此亦純矣

我本良家子出師亦多門將驕益愁思身貴不足論躍馬二十年恐辜明主恩坐見幽州騎長驅河洛昏中夜間道歸故里但空村惡名幸脫免窮老無兒孫

五字不好是後出塞詩旨

別贊上人

百川日東流客去亦不息我生苦（若一作）漂蕩何時有終極贊公釋門老放逐來上國還爲世塵嬰頗帶顦顇色楊枝晨在手豆子雨（兩一作）已熟是身如浮雲安可限南北異縣逢舊友（交一作）初忻寫胸臆天長關塞

不成語

感慨可念

刻畫秀削

無一字不經鍛鍊彫琢雄俊深峭令人神奪但韵不勝耳

寒一作遠歲暮饑凍一作寒逼野風吹征衣欲別向曛黑曛一作昏馬嘶一作鳴思故櫪歸鳥盡斂翼古來聚散地宿昔長荆棘相看俱衰年出處各努力

萬丈潭同谷縣作

青溪合趙鴻刻作含冥寞神物有顯晦龍依積水蟠窟壓萬丈內蹴步淩垠堮側身下烟靄前臨洪濤寬却立蒼石大山危一逕盡崖一作岸絕兩壁對削成根虛無倒影垂澹瀩趙作澍一作賴黑如陳作爲黃作知灣澴底清見光炯

寫景妙在目前自是一種格有
更不易得　不可及

碎孤雲（方輿作峯）倒來深飛鳥不在外高蘿成帷（一作帳）幄

寒木累（一作壘）旌旆遠川曲通流嵌竇潛洩瀨造幽無

人境發興自我輩告歸遺恨多將老斯遊最閑藏修

鱗蟄出入巨石（趙作爪）礙何事（趙作當）暑（一作炎）天過快意

風雨（一作雲）會

雨當縣吳十侍御江上宅

寒城朝烟澹山谷落葉赤陰風千里來吹汝江上宅

鶤雞號枉渚日色傷阡陌借問持斧翁幾年長沙客

哀哀失木狖矯矯避弓翮亦知故鄉樂未敢思宿昔
昔在鳳翔都共通金閨一作門籍天子猶蒙塵東郊暗
長戟兵家忌間諜此輩常接跡臺中領舉劾君必慎
剖析不忍殺無辜所以分白黑上官權許與失意見
遷斥仲尼甘旅人向子識損益朝廷非不知閉口休
歎息樊本仲尼一聯在朝廷一聯下余時忝諍臣丹陛實咫尺相看
受狼狽至死難塞責行邁心多違出門無與適於公
負明義惆悵頭更白老成厚道

起得跌宕悲激

舊評紀行詩筆力變化當與太史公諸贊方駕朱子云白秦州入蜀諸詩分明如畫

發秦州 乾元二年自秦州赴同谷縣紀行十二首 全篇俱好

我衰更嬾拙生事不自謀無食問樂土無衣思南州漢源十月交天氣涼如秋草木未黃落況聞山水一作東幽栗亭名更佳下有良田疇充腸多薯蕷崖蜜亦易求密竹復冬筍清池可方舟雖傷一作云旅寓遠庶遂平生遊此邦俯要衝實恐人事稠應接非本性登臨未銷憂谿谷無異石塞田始微收豈復慰老夫一作大惘一作惆然難久留日色隱孤戍烏啼滿城頭中宵

用意刻到如此

驅車去飲馬寒塘流磊落星月高蒼茫雲霧浮大哉
乾坤內吾道長悠悠

赤谷

天寒霜雪繁遊子有所之豈但歲月暮重來未有期（似乎無味）
（一云亦未期）晨發赤谷亭險艱（一作難）方自茲亂石無改轍
我車已載脂山深苦多風落日童稚饑悄然村墟迴
烟火何由追貧病轉零落（一云飄零）故鄉不可思常恐死
道路永爲高人嗤

起語亦何縹緲

此類皆不必作

鐵堂峽 二篇行旅之況悲苦感慨妙不可極與後寒峽同

山風吹遊子縹緲乘險絶硤形藏堂隍壁色立積（荆作）精鐵徑摩穹蒼蟠石與厚地裂修纖無垠（一作限）竹嵌遣語空處（一作孔）太始雪威遲哀壑底徒旅慘不悅（一作徒懷松柏悅）水寒長冰橫我馬骨正折生涯抵弧矢盜賊殊未滅遣語飄蓬踰三年廻首肝肺熱

鹽井

鹵中草木白青者官鹽烟官作既有程煮鹽烟在川

汲井歲榾榾草堂本云當作搰搰出車日連連自公斗三百轉致斛六千君子慎止足小人苦喧闐我何良歎嗟物理固自然一云亦固然

詩以朴勝集中别是一種

寒硤

行邁日悄悄山谷勢多端雲門轉絶岸積阻霾天寒寒硤不可度我實一作貧衣裳單況當仲冬交泝沿增波瀾野人尋烟語行子傷水餐此生免荷殳未敢辭路難

此一語無謂

於危險中寫出破愁幽境奇絕

法鏡寺

身危適他州勉強終勞苦神傷山行深愁破崖寺古嬋娟碧鮮淨蕭摵寒籜聚回回一作洄洄山一作石根水冉冉松上雨洩雲蒙清晨初日翳復吐朱甍半光炯戶牖粲可數拄一作柱策忘前期出蘿已亭午冥冥子規叫微徑不復一作敢取

青陽峽

塞外苦厭山南行道一云登路彌惡岡巒相經亘雲水氣

寫景奇壯

此篇爲劣

參錯林迴硤角來天窒一作窄壁面削磎西五里石奮怒向我落仰看日車側俯恐坤軸弱魑魅嘯有一作有狂風霜霰浩漠漠昨憶一作憶昨踰隴坂高秋視吳岳東笑蓮華卑北知崆峒薄超然侔壯觀已謂殷一作隱寥廓突兀猶趁人及茲歎一作谷冥寞

押韵矣

沒趣

龍門鎮

細泉兼輕冰沮洳棧道濕不辭辛苦行迫一作逆此短景急石門雪雲一作雲雪隘一作溢古鎮峰巒集旌竿暮慘

亦是古樂府

起雖學樂府然不佳都無甚意致

澹風水白刃澀胡馬屯成皐防虞此何及嗟爾遠戍
人山寒夜中泣

石龕

熊羆咆我東虎豹號我西我後鬼長嘯我前狨又啼
天寒昏無日山遠道路迷驅車石龕下仲冬見虹蜺
伐竹（一作本）者誰子悲謌上（一作抱）雲梯為官採美箭五
歲供梁齊苦云直簳（一作笴）盡無以充（一作應）提攜奈何
漁陽騎颯颯驚烝黎

積草嶺

連峰積長陰白日遞隱見颼颼林響交慘慘石狀變山分（一作外）積草嶺路異明水縣旅泊吾道窮（一作東）衰年歲時倦卜居尚百里休駕投諸彥邑有佳主人情如已會面來書語絕妙遠客驚深眷食蕨不願餘茅茨眼中見

泥功山

朝行青泥上暮在青泥中泥濘（一作穽）非一時版築勞

二句妙甚

似孟郊

不必

人功不畏道途一作路永乃將一云反將一云及此汨沒同白馬

語拙而亦諧體

爲鐵驪小兒成老翁哀猿一作猱透却墜死鹿力所窮

寄語北來人後來莫忽忽

鳳凰臺山峻不至高頂

亭亭鳳凰臺北對西康州西伯今寂寞鳳聲亦悠悠

山峻路絕蹤石林氣高浮安得萬丈梯爲君上上頭

恐有無母雛饑寒日啾啾一云啁啾我能剖心出方輿勝覽作心

血

飲啄慰孤愁心以當竹實炯然無方輿作忘外求血以

創體創語驚心動魄

舊評太白遠別離蜀道難與子美同谷七歌皆風騷之極致不在屈原下也

當醴泉豈徒比清流所重王者瑞敢辭微命休坐看綵翮長（一作舉）舉（一作縱）意八極周自天衢瑞圖（一作圖讖）飛下十二樓圖以奉（一作獻）至尊鳳以垂鴻猷再光中興業一洗蒼生憂深衷正（一作方輿一作止）爲此羣盜何淹流

不成語

此詩之比體中忠孝肺腑處是此老剖心瀝血語

乾元中寓居同谷縣作歌七首

有客有客字子美白頭亂（一作短）髮垂過（一作兩）耳歲拾橡栗隨狙公天寒日暮山谷裏中原無書（一作主）歸不得手脚凍皴皮肉死嗚呼一歌兮歌已（一作獨）哀悲風

一歌喚子美二歌喚長鑱豈不高崛

如何情感此等意似人人能說人人欲說而無人說得

爲我從天一作東來

升菴云總無可點自是妙絕

長鑱長鑱白木柄我生託子以爲命黃精一作獨無苗山雪盛短衣數挽不掩脛此時與子空一作同歸來男呻女吟四壁靜嗚呼二歌兮歌始放鄰一作閭里爲我色惆悵

有弟有弟在遠方一作各一方三人各瘦何人強生別展轉不相見胡塵暗天道路長東飛駕鵝後鶖鶬安得送我置汝旁嗚呼三歌兮歌三發汝歸何處收一作取

兄骨

有妹有妹在鍾離良人早殁諸孤癡長淮浪高蛟龍怒十年不見來何時（一作遲）扁舟欲往箭滿眼杳杳南國多旌旗嗚呼四歌兮歌四奏林猿（一作竹林浩然木作竹林猿）（亦不佳）爲我啼清晝

四山多風溪水急寒雨（一作風）颯颯枯樹（一云樹枝）濕黃蒿古城雲不開白（一作元）狐跳梁黃狐立我生何爲在窮（此語佳）谷中夜起坐萬感集嗚呼五歌兮歌正長魂招不來

歸故鄉

南有龍兮在山湫古木巃嵸枝相樛木葉黃落龍正蟄蝮虵東來水上遊我行怪此安（一作寒）敢出拔劒欲斬且復休嗚呼六歌兮歌思遲（一云怨遲遲）溪壑爲我廻春姿

男兒生不成名身已老三（一作十）年饑走荒山道長安卿相多少年富貴應須致身早山中儒生舊相識但話宿昔傷懷抱嗚呼七歌兮悄終曲仰視皇天白日

發同谷十二首較秦州詩更奧↑刻畫精詣奇絕千古

速

發同谷縣乾元二年十二月一日自隴右赴劍南紀行

賢有不黔突聖有不暖席況我饑愚人一作大焉能尚安宅始來茲山中休駕喜一作嘉地僻奈何迫物累一歲四行役忡忡去絕境杳杳更遠適停驂龍潭雲迴首白一作虎崖石臨岐別數子握手淚再滴交情無舊深一作雖無舊深知一作雖舊情深知窮老多慘慼平生嬾拙意偶值棲遁跡去住與願違仰慙林間翮

詩文亦然學人正須放開眼容

◎木皮嶺

首路栗亭西尚想鳳皇村季冬攜童（一作幼）稚辛苦赴蜀門南登木皮嶺艱險不易論汗流被我體祈寒為（太少）之晻遠岫（一作峘）爭輔佐千巖自崩奔始知五岳外別（一作更）有（一作見）他山尊仰干（一作看）塞大明俯入裂厚坤再聞虎豹鬬屢蹋風水昏高有廢閣道摧折如短（一作斷）轅下有冬青林石上走長根西崖特秀發煥若靈芝繁潤聚金碧氣清無沙土痕憶觀崑崙圖（一作墟）目

擊元圃存對此欲何適黙傷垂老魂

白沙渡

畏途隨長江渡口下絶岸差池上舟楫杳窕入雲漢天寒荒野外日暮中流半我馬向北嘶山猿飲相喚水淸石礧礧沙白灘漫漫迴一作傪然洗愁辛多病一疏散高壁抵嵌崟一作嵚岑洪濤越凌亂臨風獨迴首攬轡復三歎

水會渡一云水回渡

此豈不尋常而尤爲難造

山行有常程中夜尚未安微月没已久崖傾路何難大江動（一作當）我前洶若溟渤寬篙師暗理楫歌笑輕波瀾霜濃木石滑風急（一作烈，一作冽）手足寒入舟已千憂陟巘仍萬盤迴（一作廻）眺（一作出）積水（一作石）外始知衆星乾遠遊令人瘦衰疾慙加餐

飛仙閣

土（一作出）門山行窄微徑緣秋毫（一云徑微上秋毫）棧雲闌干峻梯石結構牢萬壑欹疎林（一作竹）積陰帶奔濤寒日

造語

句句工

又作等風味

外洩泊長風中怒號歘鞍在地底始覺所歷高往來雜坐臥人馬同疲勞浮生有定分饑飽豈可逃歎息謂妻子我何隨汝一作爾曹

五盤

好句

五盤雖云險山色佳有餘仰凌棧道一云閣細俯映江木疎地僻無網罟水清反多魚好鳥不妄飛野人半巢居喜見淳朴俗坦然心神舒東郊尚格鬬巨一作臣猾何時除故鄉有弟妹流落隨丘墟成都萬事好一作

杜亦有如此可笑處

在豈若歸吾廬

龍門閣

清江下龍門絕壁無尺土長風駕高（一作白）浪浩浩自

太古危途中縈盤（一作縈盤道）仰望垂綫縷滑石欹誰鑿

浮梁裊相拄目眩隕雜花頭風吹過雨（一云過飛雨）百年

不敢料一墜那得取飽聞（一作知）經瞿塘足見度大庾

終身歷艱險恐懼從此數

石櫃閣

季冬（一作冬季）日已長山晚半天赤蜀道多早花江間饒奇石石櫃曾波上臨虛蕩高壁清暉回羣鷗暝色帶遠客羇棲負幽意感歎向絕跡信甘孱懦嬰不獨凍餒迫復遊謝康樂放浪陶彭澤吾衰未自安（一作由）謝爾性所（一作有）適

桔柏渡

青冥寒江渡駕竹爲長橋竿濕烟（一云竹竿濕）漠漠江永（一作水）風蕭蕭連笮動嫋娜征衣颯飄颻急流鴇鷁散

大山水詩須得此氣驟

舊志云遠山雖修職貢而太古淳朴之道已喪

絶岸黿鼉驕西轅自茲異東逝不可要高通荆門路闊會滄海潮孤光隱顧眄遊子悵寂寥無以洗心胸前登但山椒

劍門

惟天有設險劍門（一作闕）天下壯連山抱西南石角皆北向兩崖崇墉倚刻畫城郭狀一夫怒臨關（一作門）百萬未可傍（一作仰）珠玉（陳作玉帛）走中原岷峨氣悽愴三皇五帝前雞犬各相（一作自）放後王尚柔遠職貢道已喪

王平聲

至今英雄人高視見覇王并吞與割據極力不相讓
吾將罪眞宰意欲鏟疊嶂恐此復偶然臨風默一作黯
惆悵

鹿頭山

鹿頭何亭亭是日慰饑渴連山西南斷俯見千里豁
遊子出京華一云咸京劍門不可越及茲險阻盡始喜原
野闊殊方昔三分覇氣曾閒發天下今一家雲端失
雙闕悠然想揚馬繼起名碑兀有文一作才令人傷何

處埋爾骨紆餘脂膏地慘澹豪俠窟仗鉞非老臣宣風豈專達冀公柱石姿論道邦國活斯人亦何幸公鎮踰歲月僕射裴冀公見

成都府

翳翳桑榆日照我征衣裳我行山川異忽在天一方但逢新人民未卜見故鄉大江東流去一作從東流游子去日一作日月長曾城填華屋季冬樹木蒼喧然名都會吹簫間一作奏笙簧信美無與適側身望川梁鳥雀夜

月出二語以喻有寄托亦得

自解益自傷

各歸中原杳茫茫初月出不高衆星尚爭光自古有羈旅我何苦哀傷

杜工部集卷三終

杜工部集卷四目錄

古詩三十七首

石笋行

石犀行

杜鵑行

贈蜀僧閭邱師兄

泛溪

題壁上韋偃畫馬歌

杜工部集卷四目錄終

此亦是自出體格終不必倣此

杜工部集卷四

古詩三十七首 初寓成都及至閬州作

石笋行

君不見益州城西門陌一作街上石笋雙高蹲古來一云老又作遠相傳是海眼苔蘚蝕舊作食盡波濤痕雨多一作來往往得瑟瑟此事恍惚難明論恐是昔時卿相墓一作塚立石爲表今仍存惜哉俗態好蒙蔽亦如小臣媚至尊政化錯迕失大體坐看傾危受厚恩嗟爾石笋

卽是石筍行也何太復嘗謂詩法亡於杜雖不謂亡亦已變矣宜有一種江西詩派

擅虛名後來未識猶駿奔安得壯士擲天外使人不疑見本根

石犀行

君不見秦時蜀太守刻石立作三犀牛草堂本注云當作五犀牛自古雖有厭勝法天生江水向一作須東流蜀人矜誇一千載泛溢不近張儀樓今年灌口一作注損戶口此事或恐爲神羞終藉草堂作修築隄防出衆力高擁木石當淸秋先王作法皆正道詭怪何得參人謀嗟爾三

雖刻苦出奇難以爲訓

犀不經濟缺訛只與長川逝但見元氣常一作相調和
自免洪濤恣凋瘵安得壯士一作作者提天綱再平水土
犀奔一作蒼茫

杜鵑行

君不見昔日蜀天子化作杜鵑似老烏寄巢生子不
自啄羣鳥至今與哺雛雖同君臣有舊禮骨肉滿眼
身羇孤業工竄伏深樹裏四月五月偏號呼其聲哀
痛口流血所訴何事常區區爾豈摧殘始晉作如發憤

雖極委曲終無神韻

羞帶羽翮傷形愚蒼天變化誰料得萬事反覆何所無萬事反覆何所無豈憶當殿羣臣趨

贈蜀僧閭丘師兄 太常博士均之孫

大師銅梁秀籍籍名家孫嗚呼先博士炳靈精氣奔惟一云往昔武皇后臨軒御乾坤多士盡儒冠墨客藹雲屯當時上紫殿不獨卿相尊世傳閭丘筆峻極逾樊作倬崑崙鳳藏丹霄暮一作穴龍去一作出白水渾青熒雪嶺東碑碣舊製存斯文散都邑高價越璵璠晚看

作者意妙絶與誰論吾祖詩冠古同年蒙主恩豫章夾日月歲久空深根小子思疎濶豈能達詞門窮愁一作秋一揮淚相遇即諸昆我任錦官城兄居祇樹園地近慰旅愁往來當丘樊天涯歇滯雨粳稻臥不翻漂然薄遊倦始晉作如與道侶一作旅敦景晏步修廊而無車馬喧夜闌接軟語一作夜言詞柔軟落月如金盆漠漠世界黑一作空一作穴驅驅爭奪繁惟有摩尼珠可照濁水源

稍易

全詩

不爲佳

○泛溪

落景下高堂進舟泛廻溪誰謂築居小未盡喬木西遠郊信荒僻秋色有餘凄練練峯上雪纖纖雲表霓童戲左右岸一云兒童戲左右罟弋畢提攜翻倒荷芰亂指揮遲路逃得魚已劃一作劇鱗探藕不洗泥人情逐鮮美物賤事已一云迹睽吾村竊暝姿異舍雞亦棲蕭條欲何適出處庶可齊衣上見新月霜中登故畦濁醪自初熟東城多鼓鼙

東坡題韓幹十四馬作是從此出

健筆

起便奇崛

題壁畫馬歌 韋偃畫 陳浩然草堂本作題壁上韋偃畫馬歌

韋侯別我有所適知我憐君 一作渠 畫無敵戲 陳浩然本作試 拈禿筆掃驊騮歘見騏驎出東壁一匹齕草一匹嘶坐看千里當霜蹄時危安得眞致此與人同生亦同死

戲題畫山水圖歌 王宰畫宰丹青絕倫一本題字下有王宰二字

十日畫一水五日畫一石能事不受相促迫王宰始肯留眞跡壯哉崑崙方壺 一作丈 圖挂君高堂之素壁

六一謂老夫二詩有俗氣

巴陵洞庭日本東赤（一作南）岸水與銀河通中有雲氣隨飛龍舟人漁子入浦溆山木盡亞（一作帶）洪濤風尤工遠勢古莫比咫尺應須論（一作千 一作行）萬里焉得并州快剪刀剪取吳淞半江水

詩亦覺咫尺萬里

題李尊師松樹障子歌

老夫清晨梳白頭元都道士來相訪握髮（一云手）呼兒延入戶手提新畫青松障障子松林靜杳冥憑軒忽若無丹青陰崖却承霜雪（一云霜露 一云霧）幹偃蓋反走虬龍

亦是老手起法六一語非也

形老夫平生好奇古對此與與精靈聚已知仙客意相親更覺良工心獨苦松下丈人巾屨同偶坐似（一作自）是商（一作南）山翁悵望（一作惆悵）聊歌紫芝曲時危慘澹來悲風

便老放

戲爲雙松圖歌（韋偃題畫如山水雙松二篇唐人少有及者）

天下幾人畫古松（一作樹）畢宏已老韋偃少絕筆長風起纖末滿堂動色嗟神妙兩株慘裂苔蘚皮屈鐵交錯迴高枝白摧朽骨龍虎死黑入太陰雷雨垂松根

看此老筆底畫意

或云末五句可去而題云戲韋偃固不妨作此跌宕也

全篇悲壯絕無一字之恨

胡僧憇寂寞龎眉皓首無住著偏袒右肩露雙脚葉裏松子僧前落韋侯韋侯數相見我有一匹好東一云素絹重之不減錦繡段已令拂拭光凌亂請公放筆爲直幹

投簡成華兩縣諸子

赤縣官曹擁材傑軟裘快馬當氷雪長安一作夜苦寒誰獨悲杜陵野老骨欲折南山豆苗早荒穢青門瓜地新凍裂鄉里兒童項領成朝廷故舊禮數絕自然

尋常平穩耳

棄擲與時異況乃疎頑臨事拙饑臥動即向一旬獘裘何啻聯百結君不見空墻日色晚此老無聲淚垂血

徐卿二子歌

如此詩乃不免俗耳

君不見徐卿二子生絶奇感應吉夢相追隨孔子釋氏親抱送並是天上麒麟兒大兒九齡色清徹秋水爲神玉爲骨小兒五歲氣食牛滿堂賓客皆回頭吾知徐公百不憂積善袞袞生公侯丈夫生兒有如此

病栢枯柟詩固有奇托灌溉訓去自佳必以某事某人實之則鑿矣

二雛者名位豈肯卑微休（一云異時名位豈肯卑微休）（少地步）

病栢　全首奇古自殊常調

有栢生崇岡童童狀車（一作青）蓋偃蹙龍虎姿主當風雲會神明依正直故老多再拜豈知千年根中路顏色壞出非不得地蟠據亦高大歲寒忽無憑（一作用）日夜柯葉改（一云碎）丹鳳領九雛哀鳴翔其外鴟鴞志意滿養子穿穴（一作窟）內客從何鄉來佇立久吁怪靜求元精（一云無根）理浩蕩難倚賴

◎

苦腦勉强只欲儸脫一時

病橘

羣（一作伊）橘少生意雖多亦奚爲惜哉結實小（一作少）酸

澀如棠梨剖（一作割）之盡蠹蟲（樊作蝕）采掇爽其（一作所）宜

紛然不適口豈只存其皮蕭蕭半死葉未忍（一作忽忽）別

故枝元冬霜雪積况乃迴風吹嘗聞蓬萊殿羅列瀟

湘姿此物歲不稔玉食失（一作少）光輝寇盜尚憑陵當

君減膳時汝病是天意吾諗（一云愁刜作敢）罪有司憶昔南

（一作閒）海使奔騰獻荔支百馬死山谷到今耆舊悲

與前首皆枯槁淺澁如嚼大缶絕無意味

枯椶

蜀門多椶（一作栟）櫚高者十八九其皮割剝甚雖衆亦易朽徒布（一作有）如雲葉青黃歲寒後交橫集斧斤凋喪先蒲柳傷時苦軍乏一物官盡取嗟爾江漢人生成復何有有同枯椶木使我沈嘆久死者即已休生者何（一作能）自守啾啾黃雀啅側見寒蓬走念爾形影乾（一作枯形影）摧殘沒藜莠

枯柟 起四句氣韻不同讀者須知之

楩柟枯崢嶸鄉黨皆莫記不知幾百歲慘慘無生意

上枝摩皇一作蒼天下根蟠厚地巨圍雷霆坼萬孔蟲

蟻萃凍雨落流膠衝風奪佳氣白鵠遂不來天雞爲

愁思猶含棟梁具無復霄漢一作雲霄志良工古昔少識

者出涕淚種榆水中央成長何容易截承金露盤裊

裊不自畏

結四語神似古樂府

丈人山

自爲青城客不唾青城地爲愛丈人山丹梯近幽意

以拙朴勝情韻終不工

丈人祠西佳氣濃綠雲擬住最高峯掃除白髮黃精在君看他時氷雪容

百憂集行　又一體

憶年十五心尚孩健如黃犢走復來庭前八月梨棗熟一日上樹能千廻即今倏忽已五十一作卽今年纔五六十坐臥只多少行立强將笑語供主人悲見生涯百憂集入門依舊四壁空老妻覩我顏色同癡兒未知父子禮叫怒索飯啼門東

所謂意愜關飛動也

子章二語至今讀之凜凜有生色當時愈瘧不處矣

戲作花卿歌

吳若本注題下此謂段子璋反東川李奐走成都崔光遠討平之時事也崔大夫謂光遠子章作此璋字李侯疑即奐嘗領東川以子璋亂出奔及平復得之鎮故云重有此節度也

成都猛將有花卿，學語小兒知姓名。用如快鶻風火生，見賊唯多身始輕。綿州副使著柘黃，我卿掃除即日平。子章一作璋髑髏血模糊，手提擲還崔大夫。李侯重有此節度，人道我卿絕世一作代無。既稱絕世無，天子何不喚取守京都。

入奏行（贈西山檢察使竇侍御）

竇侍御驥之子鳳之雛年未三十忠義俱骨鯁絕代

無炯如一段清氷出萬壑置在迎風寒露之玉壺蔗

此下何謂可笑

漿歸廚金盌凍洗滌煩熱足以寧君軀政（一作整）用疎

平正而古眞不必太巷

通合典則戚聯豪貴躭文儒兵革未息人未蘇天子

變也

亦念西南隅吐蕃憑陵氣頗麤竇氏檢察應時須（樊作才能俱）

運糧繩橋壯士喜斬木火井窮猿呼八州刺史

思一戰三城守邊却可圖此行入奏計未小密奉聖

結每疎宕

旨恩宜一作應殊繡衣春當一云飄飄霄漢立綵服日向一云

棨棨庭闈趨樊本此下有開濟人所仰飛騰正時須省郎京尹必俯拾一云

相付江花未落還成都江花未落還成都此句一云還成都多暇

肯訪浣花老翁無一云公來肯訪浣花老爲君酤酒滿眼酤二句

一云攜酒肯訪浣花老爲君著衫將髭鬚與奴白飯馬青芻

枏樹爲風雨所拔歎枏一作高

倚江枏樹草堂前故一作古老相傳二百年誅茅卜居

總爲此五月髣髴聞寒蟬東南飄風動地至江翻石

◎

詩亦以朴勝遂開宋脈

走流雲氣幹（晉作幹）排雷雨猶力爭根斷泉源豈天意滄波（一云蒼花）老樹性所愛浦上童童一青蓋野客頻留懼雪霜行人不過聽竽籟虎倒龍顛委榛（樊作荆）棘淚痕血點垂胸臆我有新詩何處吟草堂自此無顔色

茅屋爲秋風所破歌

八月秋高風怒號卷我屋上三重茅茅飛度江灑（一作滿）江郊高者掛罥長林梢下者飄轉沈塘坳南村羣童欺我老無力忍能對面爲盜賊公然抱茅入竹去（如此鋪寫自不爲

脣焦口燥呼不得歸來倚杖自歎息俄頃風定雲墨色秋天漠漠向昏黑布衾多年冷似（一作象）鐵驕兒惡臥踏裏裂床床屋漏無乾處雨脚如麻未斷絶自經喪亂少睡眠長夜沾濕何由徹安得廣厦千萬間大庇天下寒士俱歡顔風雨不動安如山嗚呼何時眼前突兀見此屋吾廬獨破受凍死（一作意）亦足

此老襟抱自闊與螻蟻輩迥異

大雨

西蜀冬不雪春農尚嗷嗷上天回哀眷朱（一作清）夏雲

鬱陶執熱乃沸鼎纖絺成緼袍風雷颯萬里霈澤施蓬蒿敢辭茅葦漏已喜黍豆高三日無行人二（一作大）江聲怒號流惡邑里淸矧茲遠江皐荒庭步鸛鶴隱几望波濤沈痾聚藥餌頓忘所進勞則知潤物功可以貸不毛陰色靜壠畝勸耕自官曹四鄰耒耜出（一作出耒耜）何必吾家操

◎溪漲

當時浣花橋溪水纔尺餘白石（一作日）明可把水中有

實字自可入詩

行車秋夏忽泛溢豈惟一作伊入吾廬蛟龍亦狠狽況

是鼈與魚茲晨已半落歸路跬步踈馬嘶未敢動前

有深塡淤青青屋東麻散亂床上書不意一作知遠山

雨夜來復何如我遊都市間一云或作所晚憩必村墟乃

知久行客終日思其居

戲贈友二首

元年建巳月郎有焦校書自誇足膂力能騎生馬駒

一朝被馬踏脣裂板齒無壯心不肯已欲得東擒胡

又奇又妙只可屢諷而得其妙難以下語一二形容也

杜老眞率開張王樂府派

元年建巳月官有王司直馬驚折左臂骨折面如墨
驁騎漫一作慢深陳浩然本作染泥何不避雨色勸君休歎恨杜得有妙趣
未必不爲福

遭田父泥飲美嚴中丞

步屧隨春風村村自花柳田翁逼社日邀我嘗春酒
酒酣誇新尹畜眼未見有迴頭指大男渠是弓弩手
名在飛騎籍長番歲時久前日放營農辛苦救衰朽
差科死則已誓不舉家走今年大作社拾遺能住否

吁婦開大瓶盆中爲吾取感此氣揚揚須知風化首
語多雖雜亂說尹終在口朝來偶然出自卯將及酉
久客惜人情如何拒鄰叟高聲索果栗欲起時被肘
指揮過無禮未覺村野醜月出遮我留仍嗔問升斗

絶妙

喜雨

春旱天地昏日色如血農事都已樊作未休兵戈況
騷屑巴人困軍須慟哭厚土熱滄江夜來雨眞宰罪
一雪穀根小一作少蘇息沴氣終不滅何由見寧歲解

此等皆不可學

我憂思結崢嶸羣一作東山雲交會未斷絕安得鞭雷公滂沱洗吳越時聞浙右多盜賊

漁陽

漁陽突騎猶精銳赫赫雍王都一作前節制猛將飄然恐後時本朝不入非高計祿山北築雄武城舊防敗走歸其營繫書請問燕耆舊今日何須十萬兵

絕有古絕有律絕此古絕也

黃河二首

黃河北岸海西軍椎鼓鳴鐘天下聞鐵馬長鳴不知

一作如數胡人高鼻動成羣

黃河西一云北一云南俱非岸是吾一作故蜀欲須供給家無粟

願驅衆庶戴君王混一車書棄金玉

天邊行

天邊老人歸未得日暮東臨大江哭隴右河源不種

田胡騎羌兵入巴蜀洪濤滔天風拔木前飛禿鶖後

鴻一作黃鵠九度附書向洛陽十年骨肉無消息

大麥行

短章悲咽自見大手筆

大麥乾枯小麥黃婦女一作人行泣夫走藏東至集壁西梁洋問誰腰鐮胡與羌豈無蜀兵三千人一云千人去部一作簿領辛苦江山長安得如鳥有羽翅託身白雲還故鄉

苦戰行

苦戰身死馬將軍自云伏波之子孫干戈未定失壯士使我歎恨傷精魂去年江南英華作南行討狂賊臨江把臂難再得別時孤雲今不飛時獨看雲淚橫臆

去秋行

去秋涪江木落時臂槍（一作蒼）走馬誰家兒到今不知白骨處部曲有去皆無歸遂州城中漢節在遂州城外巴人稀戰場冤魂每夜哭空令野營猛士悲

述古三首

赤驥頓長纓非無萬里姿悲鳴淚至地爲問馭者誰鳳凰從東（一作天）來何意復高飛竹花不結實念子忍朝饑古時君臣合可以物理推賢人識定分進退（一作

如此古風眞不足誦也

用固囙一作其宜

市人日中集於利競錐刀置膏烈火上哀哀自煎熬

農人望歲稔相率除蓬蒿所務穀農一作為本邪贏無

乃勞舜舉十六相身尊道何高秦時任商鞅法令如

牛毛

東坡謂自是稷契輩人口中語

漢光得天下祚永固有開豈惟高祖聖功自蕭曹來

經綸中興業何代無長才吾慕寇鄧勳濟時信良哉

耿賈亦宗臣羽翼共徘徊休運終四百圖畫在雲臺

杜工部集卷四終

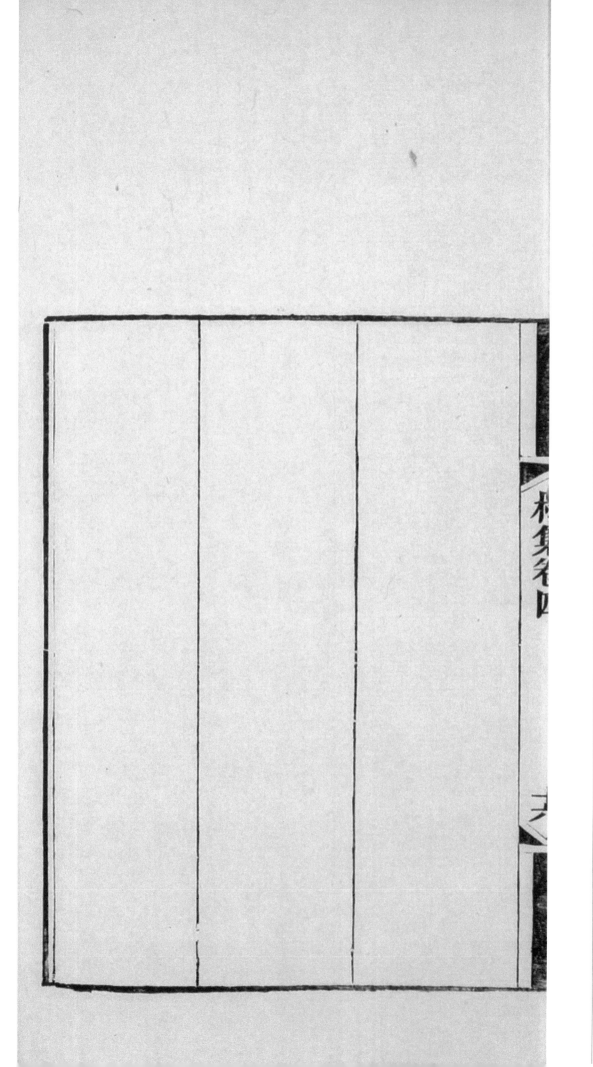

五六

杜工部集 卷五六

杜工部集卷五目錄

丹青引
閬州東樓筵送十一舅往青城縣得昏字
嚴氏溪放歌行
南池
發閬中
寄韓諫議
憶昔二首
冬狩行

自平
釋悶
贈別賀蘭銛
別唐十五誡因寄禮部賈侍郎
閬山歌
閬水歌
三絕句
草堂

別蔡十四著作

杜工部集卷五目錄終

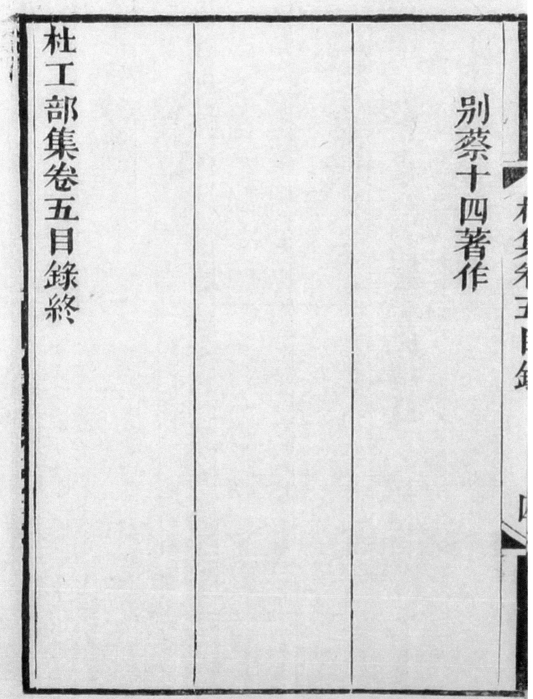

杜工部集卷五

古詩五十六首居東川再至閬州復還成都作

觀打魚歌

綿州江水之（一作水）東津魴魚鱍鱍色勝銀漁人漾舟沉大網截江一擁數百鱗眾魚常才盡却棄赤鯉騰出如有神潛龍無聲老蛟怒廻（晉作西）風颯颯吹沙塵饔子左右揮霜刀鱠飛金盤白雪高徐州禿尾不足憶（一作惜）漢陰槎頭遠遁逃魴魚肥美知第一既飽歡

〔好語〕〔皆非詩法惟有此〕〔此老有之不足看也〕

寓宋元

作詩必有關係是大家數

遣意瑰壯可喜

娱亦蕭瑟君不見朝來割素鬐咫尺波濤永相失

又觀打魚

蒼江漁子清晨集設網提綱萬（一作取）魚急能者操舟疾若風撐突波濤挺又八小魚脫漏不可記（一作紀）半死半生猶戢戢大魚傷損皆垂頭屈强泥沙（一作沙頭）有時立東津觀魚已再來主人罷鱠還傾盃日暮蛟龍改窟穴山根鱣鮪隨雲雷干戈兵革鬭未止（一云干戈格鬭尚未已）鳳凰麒麟安在哉吾徒胡爲縱此樂暴殄天物

楊升菴云似太白
亦有美麗之態
劉云不深不淺

聖所哀

○越王樓歌

綿州州府何磊落顯慶年中越王作孤城西北起高樓碧瓦朱甍照城郭樓下長江百丈淸山頭落日半輪明君王舊跡今人賞轉見千秋萬古情

○海椶行

左綿公館淸江濆海椶一株高入雲龍鱗犀甲相錯落蒼稜白皮十抱文自（一作但）是衆木亂紛紛海椶焉（不可通）

杜集卷五　二

知身出羣移栽北辰不可得時有西域胡僧識

姜楚公畫角鷹歌

楚公畫鷹鷹戴角殺氣森森（一作如不明）到幽朔觀者貪愁（爵作徒驚）掣臂（一作壁）飛畫師不是無心學此鷹寫眞在左絹却嗟眞骨遂虛傳梁間燕雀休驚怕亦未搏空上九天

相從歌贈嚴二別駕（一云嚴別駕相逢歌）

我行入東川十步一廻首成都亂罷氣蕭颯（一作瑟一作索）

浣花草堂亦何有梓中（一作州）豪俊（一作貴）大者誰本州從事知名久把臂開樽飲我酒酒酣擊劍蛟龍吼烏帽拂塵青螺（一作騾）粟紫衣將炙緋衣走銅盤燒蠟光（一作燮）吐日夜如何其初促膝黃昏始扣主人門誰謂俄傾（晉作我傾）膠在漆萬事盡付形骸外百年未見（一作及）歡娛畢神傾意豁眞佳士久客多憂今愈疾高視乾坤又可（一作何）愁一軀交態同（一作眞）悠悠垂老遇君未恨晚似君須向古人求

短篇佳甚

不如暝色帶遠客

光祿坂行

山行落日下絶壁西望千山萬山（一作水）赤樹枝有鳥亂鳴（一作棲）時暝色無人獨歸客馬驚不憂深谷墜草動只怕長弓射安得更似開元中道路即今多（一云何）擁隔

冬到金華山觀因得故拾遺陳公學堂遺跡

涪右衆山内金華紫崔嵬上有蔚藍天垂光抱瓊臺繫舟接絶壁杖策窮縈回四顧俯層巔淡然川谷開

聖賢日月大過

雪嶺日色(一作光)死霜鴻有餘哀焚香玉女跪霧裏仙人來陳公讀書堂石柱仄青苔悲風爲我起激烈傷雄才

陳拾遺故宅

拾遺平昔居大屋(一作宅)尚脩椽悠揚(一作悠悠)荒山日慘淡(一作崔崒)故園(一作國)烟位下曷足傷所貴者聖賢有才繼騷雅哲匠不比肩公生揚馬後名與日月懸同遊英俊人多秉輔佐權彥昭超(一作趙)玉價郭振(晉作震)起

通泉到今素壁滑洒翰銀鈎連盛事會一時此堂豈千年終古立一作占忠義感遇有遺編

謁文公上方

野寺隱喬木山僧高下居石門日色異絳氣橫扶疎窈晉作宵窕入風磴長蘿紛卷舒庭前猛虎臥遂得文公廬俯視萬家邑烟塵對階除吾師雨花外不下十年餘長者自布金禪龕只晏如大一作火珠脫玷翳白月一作日當空虛甫也南北人蕪蔓少耘鋤久遭詩酒

此等處俱不可用

肖敘處奇崛

語自曠達爲王局所賞

汚何事忝簪裾王侯與螻蟻同盡隨丘墟願聞第一義迴向心地初金篦刮眼膜價重百車渠無生有汲引茲理儻吹噓

奉贈射洪李四丈 明甫

早字無謂

丈人屋上烏人好烏亦好人生意氣豁不在相逢早

是柳韻耳 語太刻露反傷丰度

南京亂初定所向邑一作色枯槁遊子無根株茅齋付秋草東征下月峽挂席窮海島萬里須十金妻孥未相保蒼茫風塵際蹭蹬騏驎老志士懷感傷心胸已

平安而亦自異下作亦然

傳評人得此嘆。十字盡之又起語如此故別。

傾倒

早發射洪縣南途中作

將老憂貧窶筋力豈能及征途乃（吳作後　一作復）侵星得使諸病入鄙人寡道氣在困無獨立俶裝逐徒旅達曙凌險澁寒日出霧遲靑江轉山急僕夫行不進駑馬若維縶汀洲稍疎散風景開快（一云悄）悒空慰所尙懷終非曩遊集衰顏偶一破勝事難屢（一云皆空）抱茫然阮籍途更洒楊朱泣

通泉驛南去通泉縣十五里山水作

溪行衣自濕亭午氣始散冬温蛟蚋在（一作集）人遠鳧鴨亂登頓生曾陰攲傾出高岸驛樓衰柳側縣郭輕烟畔一川何綺麗盡目（一作日）窮壯觀山色遠寂寞江光夕滋漫傷（一作知）時愧孔父去國同王粲我生苦飄零所歷有嗟歎

清美可想

過郭代公故宅

豪俊初未遇其跡或脫略代公尉通泉放意何自若

語有斤兩

及夫登袞冕直氣森噴薄一本此下有精魄凜如在所歷終蕭索磊落
見異人豈伊常情度定策神龍後宮中翕清廓俄頃
辨尊親指揮存顧託羣公有一作見慚色王室無削弱
迴出名臣上丹青照臺閣我行得遺跡一作址池館皆
疏鑿壯公臨事斷顧步涕橫落草堂本精魄凜如在一聯在此下高
詠寶劍篇神交付冥漠

觀薛稷少保書畫壁

少保有古風得之陝郊篇惜哉功名忤但見書畫傳

太眞率淺淡又無風味

惜後不稱

我游梓州東遺跡涪江邊畫藏青蓮界書入金牓懸
仰看垂露姿不崩亦不騫鬱鬱三大字蛟龍岌相纏
又揮西方變發地扶屋椽慘淡壁飛動到今色未塡
此行疊壯觀郭薛俱才賢不知百載後誰復來通泉

通泉縣署屋壁後薛少保畫鶴

薛公十一鶴皆寫青田眞畫色久欲盡蒼然猶出塵
低昂各有意磊落如長人佳此志氣遠豈惟粉墨新
無味
萬里不以力羣遊森會神威遲白鳳態非是倉鶊鄰

高堂未傾覆常一作幸得慰嘉賓曝露牆壁外終嗟風雨頻赤霄有眞骨耻飲洿池津冥冥任所往脫畧誰能馴

陪王侍御同登東山最高頂宴姚通泉晚攜酒泛江

姚公美政誰與儔不減昔時陳太丘邑中上客有柱史多暇日陪驄馬游東山高頂羅珍羞下顧城郭銷

隋、語、出、曰、便、別、他、入

我憂淸江白日落欲盡復攜美人登綵舟笛聲憤怨

玉局長句往往似此細味之一氣排宕中具有沉雄之氣精煌之色不得不推此老獨步

淺體凡意

一作怒哀中流妙舞逶迤夜未休燈前往往大魚出聽曲低昂如有求三更風起寒浪湧取樂喧呼覺船重滿空星河光破碎四座賓客色不動請公臨深一作汀莫相違迴船罷酒上馬歸人生歡會豈有極無使霜過一作露霑人衣

春日戲題惱郝使君兄

使君意一作俊氣凌青霄憶昨歡娛常見招細馬時鳴金騕褭佳人屢出董嬌嬈東流江水西飛燕可惜春

豪宕雄傑溢於詞語之外但意有所指有未了然者

劉云豪氣激人堂堂復堂堂

光不相見顧攜王趙兩紅顏再騁肌膚如素練通泉百里近梓州請(一作諸)公一來開我愁舞處重看花滿面尊前還有錦纏頭

短歌行(贈王郎司直)

王郎酒酣拔劍斫地歌莫哀我能拔爾抑塞磊落之奇才豫樟翻風白日動鯨魚跋浪滄溟開且脫佩劍休徘徊西得諸侯棹錦水欲向何門趿(吳作颯)珠履仲宣樓頭春色(一作已)深青眼高歌望吾子眼中之人吾

尋常興緒自可成章矣

全首亦可

老矣。

短歌行送祁錄事歸合州因寄蘇使君草堂本作邛州錄事

前者途中一相見人事經年記君面後生相動一作勸何寂寥君有長才不貧賤君今起柂春江流余亦沙邊具小舟幸爲達書賢府主江花未盡會江樓

陪章留後惠義寺餞嘉州崔都督赴州

中軍待上客令肅事有恒前驅八寶地祖帳飄金繩南陌一作伯既留歡茲山亦深登清聞樹杪磬遠謁雲

端僧廻策匪新岸樊所崖所攀仍舊藤耳激洞門飈目存寒谷冰出塵閟軌躅畢景遺炎蒸永願坐長夏將衰棲大乘羈旅惜宴會艱難懷友朋勞生共幾何離恨兼相仍

世情行跡時久事變峥嵘飛動妙絕意表其欲去此適彼及難

將適吳楚留別章使君留後兼幕府諸公得柳字

我一作甫來入蜀門歲月亦已久豈唯長兒童自覺成老醜常恐性坦率失身爲杯酒近辭痛飲徒折節萬

〔數句甚好〕

與爲別而留語諸公之意無不極其工

少陵每用東皇皆有異采別致非復尋常揩染可及

夫一作人後昔如樊作若縱壑魚今如喪家狗既無遊方戀行止復何有相逢半新故取別隨薄厚不意青草湖扁舟落吾手不成語眷眷章梓州開筵俯高柳樓前出騎馬帳下羅賓友健兒簸紅旗此樂或一作幾難朽日車隱崑崙鳥雀噪戶牖波濤未足畏一作慰三峽徒雷吼所憂盜賊多重見衣冠走中原消息斷黃屋今安否終作適荊蠻安排用莊叟隨雲拜東皇挂席上南斗有使卽寄書無使長迴首

老杜頗用樹羽字皆殊發

山寺（得開字章留後同遊）

野寺根（一作限）石壁諸龕遍崔嵬前佛不復辨百身一

尋常意變得語好

莓苔雖（一作唯）有古殿存世尊亦塵埃如聞龍象泣足

令信者哀使君騎紫馬捧擁出西來樹羽靜千里臨

江久徘徊山僧衣藍縷告訴棟梁摧公爲顧（一作頷）賓

徒（荆作從一作兵從）咄嗟檀施開吾知多羅樹却倚蓮華臺

諸天必歡喜鬼物無嫌猜以兹撫士卒孰曰非周才

以後欠清警

窮子失淨處高人憂禍胎歲晏風破肉荒林寒可迴

思量入（一作人）道苦自哂同嬰孩

椶拂子

椶拂且薄陋豈知身効能不堪代白羽有足除蒼（一作青）蠅熒熒金錯刀擢擢朱絲繩非獨顏色好亦用（晉作由）顧盼稱吾老抱疾病家貧臥乆蒸嘔膚倦撲滅賴爾甘服膺物微世競棄義在誰肯徵三歲清秋至未敢闕緘縢

桃竹杖引（贈章留後）

酷似太白

舊評云又玄又怪又怪然不可復讀進則劉叉矣怪得不甚穩

變化突兀學此猶可

江心（一作上）蟠石生桃竹蒼波噴浸尺度足斬根削皮
如紫玉江妃水仙惜不得梓橦使君（一作者）開一束滿
堂賓客皆歎息憐我老病贈兩莖出入爪甲鏗有聲
老夫復欲東南征乘濤鼓枻（一作棹）白帝城路幽必為
鬼神奪拔（一作杖）劒或與蛟龍爭重為告曰杖兮杖兮
爾之生也甚正直慎勿見水踴躍學變化為龍使我
不得爾之扶持滅跡于君山湖上之青峯噫風塵澒
洞兮豺虎咬人忽失雙杖兮吾將曷從

寄題江外草堂梓州作寄成都故居

我生性放誕難欲逃自然嗜酒愛風一作修竹卜居必一作此林泉遭亂到蜀江臥痾遺晉作遺所便誅茅初一畝廣地方一作必連延經營上元始斷手寶應年敢謀土木麗自覺面勢堅一作賢臺亭一作亭臺隨高下敞豁當清川雖奬作惟有會心侶數能同釣船干戈未偃息安得酣歌眠蛟龍無定窟黃鵠摩蒼天古來達士志一作賢達上寧受外物牽顧惟魯鈍姿豈識悔吝先偶攜老

如此篇眞不可及

畫馬圖丹青引諸詩極頓挫排宕之奇眞有神助

妻去慘澹淩風烟事跡無固必幽貞媿雙全尚念四小松蔓草易已一作拘纏霜骨不甚長永爲鄰里憐

韋諷錄事宅觀曹將軍畫馬圖

國初已來畫鞍馬神妙獨數江都王將軍得名三樊作四十載人間又見眞乘黃曾貌先帝照夜白龍池十日飛霹靂內府殷紅馬腦盌作盤婕妤傳詔才人索盌賜將軍拜舞歸輕紈細綺相追飛一作隨貴戚權門得筆跡始覺屏障生光輝昔日太宗拳毛騧近時郭

家師子花今之新畫一作圖有二馬復令識者久歎嗟此皆騎戰一敵萬縞素漠漠開風沙其餘七匹亦殊絕迥若寒空動烟雪霜蹄蹴踏長楸間馬官廝養森成列可憐九馬爭神駿顧視清高氣深穩借問苦心愛者誰後有韋諷前支遁憶昔巡幸新豐宮翠華拂天來向東騰驤磊落三萬匹皆與此圖筋骨同自從獻寶朝河宗無復射蛟江水中君不見金粟堆前松栢裏龍媒去盡鳥呼風

送韋諷上閬州録事參軍

國步猶艱難，兵革未衰息。萬方哀（一作尚）嗷嗷，十載（一作年）供軍食。庶官務割剝，不暇憂反側。誅求何多門，賢者貴爲德（晉作賢俊愧爲力）。韋生富春秋，洞澈有清識。操持紀綱地，喜見朱絲直。當令（晉作因循）豪奪吏，自此無顏色。必若救瘡痍，先應去蝥賊。揮淚臨大江，高天意悽惻。行行樹佳政，慰我深相憶。

○○丹青引（贈曹將軍霸）

起手又別

將軍魏武之子孫於今爲庶爲淸門英雄割據雖一作皆已矣文彩風流猶荆作今尚存學書初學衛夫人但恨無晉作未過王右軍丹青不知老將至富貴於我如浮雲開元之中一作年常引見承恩數上南薰殿凌烟功臣少顏色將軍下筆開生面良相頭上進賢冠猛將腰間大羽箭褒公鄂公毛髮動英姿颯爽一作颯颯來樊作猶酣戰先帝天一作御馬玉花驄畫工如山貌不同是日牽來赤墀下迴一作夐立閶闔生長風詔謂將軍

拂絹素意匠慘淡經營中斯須九重眞龍出一洗萬
古凡馬空玉花却在御榻上榻上庭前屹相向至尊
縱筆所如無非神境
含笑催賜金圉人太僕皆惆悵弟子韓幹早入室亦
能畫馬窮殊相一作狀幹惟畫肉不畫骨忍使驊騮氣
凋喪將軍畫一作盡善一作妙蓋有神必一作偶逢佳士亦
寫眞即今飄泊干戈際屢貌尋常行路人途窮反遭
俗眼白世上未有如公貧英華作他富至今我徒貧但看古來盛
名下終日坎壈纏其身

閬州東樓筵奉送十一舅往青城縣得昏字

曾城有高樓舊作會制古丹雘存迢迢百餘尺豁達開四門雖有一作會車馬客而無人世喧遊目俯大江列筵慰別魂是時秋冬交節往顏色昏天寒鳥獸休一作伏霜露在草根今我送舅氏萬感集清樽豈伊山川間迴首盜賊繁高賢意不暇王命久崩奔臨風欲慟哭聲出已復吞

嚴氏溪放歌行

情緒氣概藹然卓然

天下甲（晉作兵）馬未盡銷豈免溝壑常漂漂劍南歲月不可度邊頭公卿仍獨驕（樊作何其驕）費心姑息是一役肥肉大酒徒相要嗚呼古人已糞土獨覺志士甘漁樵況我飄轉無定所終日慽慽忍羈旅秋宿（樊作夜）霜（一作清）溪素月高喜得與子長夜語東遊西還力實倦從此將身更何許知子松根長茯苓遲暮有意來同煮

○南池

故爲奇刻而實陋

峥嶸巴閬間所向盡山谷安知有蒼池萬頃浸坤軸呀然閬城南枕一作控帶巴江腹芰荷入異縣秔稻共比屋皇天不無意美利戒止足高田失西成此物頗豐熟清源多衆魚遠岸富喬木獨歎楓香林春時好顏色南有漢王晉作主祠終朝走巫祝歌舞散靈衣荒哉舊風俗高堂一作皇亦明王此體亦不可學魂魄猶正直不應空陂上縹緲親酒食淫祀自古昔非唯一川瀆干戈浩茫茫地僻傷極目平生江海一云溟渤興遭亂身局促駐馬

問漁舟躊躇慰羈束

○發閬中

前有毒蛇後猛虎溪行盡日無村塢江風蕭蕭雲拂地山木慘慘天欲雨女病妻憂歸意速（一作急）秋花錦石誰復（樊作能）數別家三月一得書（一作書來）避地何時免愁苦

○寄韓諫議

今我不樂思岳陽身欲奮飛病在床美人娟娟隔秋

超得爽後略不

想方隱居也

水濯足洞庭望八荒鴻飛冥冥日月白青楓葉赤天雨（一作飛）霜玉京羣帝集北斗或騎騏驎翳鳳皇芙蓉旌旗（一作旄）烟霧樂影動倒景搖瀟湘星宮之君醉瓊漿羽人稀少不在旁似聞昨者赤松子恐是漢代韓張良昔隨劉氏定長安帷幄未改神慘傷國家成敗吾豈敢色難腥腐餐風（一作楓）香周南留滯古所（一作莫）惜南極老人應壽昌美人胡爲隔秋水焉得置之貢玉堂

二首高下優劣
判然不同

憶昔二首

憶昔先皇（肅宗也）巡朔方千乘萬騎入咸陽陰山驕子汗血馬長驅東胡胡走藏鄴城反覆不足怪關中小兒（李輔國）壞紀綱張后不樂上為忙至今今上猶撥亂勞身焦思補四方我昔近侍叨奉引出兵（一作兵出）整肅不可當（一作忘）為留猛士守未央致使岐雍防西羌犬戎直來坐御床百官跣足隨天王願見北地傅介子老儒不用尚書郎

憶昔開元全盛日小邑猶藏萬家室稻米流脂粟米
白公私倉廩俱豐（一作富　荆作盈）實九州道路無豺虎（晉作狼）
遠行不勞吉日出齊紈魯縞車班班男耕女桑不相
失宮中聖人奏雲門天下朋友皆膠漆百餘年間未
災變叔孫禮樂蕭何律豈聞一絹直萬錢有田種穀
今流血洛陽宮殿燒焚盡宗廟新除狐兔穴傷心不
忍問耆舊復恐初從亂離說小臣魯鈍無所能朝廷
記識蒙祿秩周宣中興望我皇洒血（一作淚）江漢身（荆作

一題便是春秋書法不可忽

比也

長哀疾

冬狩行

時梓州刺史章彝兼侍御史留後東川

君不見東川節度兵馬雄校獵亦似觀成功夜發猛士三千人清晨合圍步驟同禽獸已斃十七八殺聲落日迴蒼穹幕前生致九青兕馲駝𡸣峗垂玄熊東西南北百里間髣髴蹴踏寒山空有鳥名鸜鵒力不能高飛逐走蓬肉味不足登鼎俎何爲見羈虞羅中春蒐冬狩侯一作候得同使君五馬一馬驄况今攝行

可怪

大將權號令頗有前賢風飄然時危一老翁十年厭見旌旗紅喜君士卒甚整肅爲我迴轡擒西戎草中狐兎盡何益天子不在咸陽宮朝廷雖無幽王禍得不哀痛塵再蒙嗚呼得不哀痛塵再蒙

自平

自平宮中呂太一（一作中宮 一作中官）收珠南海千餘日近供生犀翡翠稀復恐征戎（一作戍）干戈密蠻溪豪族小（一作山）動搖世封刺史非時（一作常）朝蓬萊殿前（一作裏）諸主

「亦不爲過人」

將才如伏波不得驕

釋悶

四海十年不解兵犬戎(一作羊)也復臨咸京失道非關出襄野揚鞭忽是過胡(晉作湖)城豺狼塞路人斷絕烽火照夜屍縱橫天子亦應厭奔走羣公固合思昇平

「二句字弱」

但恐誅求不改轍聞道嬖孽能(一作今)全生江邊老翁錯料事眼暗不見風塵清

「末語佳」

贈別賀蘭銛

通篇穩稱

四語有無數層折俛仰且足

黃雀飽野粟羣飛動荆榛今君抱何恨寂寞向時人老驥倦驤首蒼一作饑鷹愁易馴高賢世未識固合嬰饑貧國步初返正乾坤尙風塵悲歌鬢髮白遠赴湘吳春我戀岷下芋君思千里蓴生離與死別自古鼻酸辛

別唐十五誡因寄禮部賈侍郎

九載一相逢百年能幾何復爲萬里別送子山之阿白鶴久同林潛魚本同河未知棲集期衰老强高歌

歌罷雨悽惻六龍忽蹉跎相視髮皓白況難駐羲和
胡星墜壑燕地漢將仍橫戈蕭條四海內人少豺虎多（好句 詩人安得有此習[illegible]言正）
少人慎莫投多虎信所過饑有易子食獸猶畏虞羅（幾也 傷哉）
子負經濟才天門鬱嵯峨飄飄適東周來往若一（亦）
崩波南宮吾故人白馬金盤陁雄筆映千古見賢心
靡匪（一作）他念子善師事歲寒守舊柯爲吾謝賈公病
肺臥江沱

閬山歌

竹枝風致

閬州城東靈一作雪山白閬州城北玉臺一作壺碧松浮欲盡不盡雲江動將崩未崩石那知根無鬼神會已覺氣與嵩華敵中原格鬭且未歸應結茅齋看一作著青壁一作應著茅齋向青壁

閬水歌

嘉陵江色一作山何所似石黛碧玉相因依正憐日破浪花一云閬山出更復春從沙際歸巴童蕩槳欹側過水雞銜魚來去飛閬中勝事可腸斷閬州城南天下稀

亦是古絕

三絕句

前（去一作）年渝州殺刺史今年開州殺刺史羣盜相隨劇虎狼食人更肯畱妻子

二十一家同入蜀唯殘一人出駱谷自說二女齧臂時迴頭却向秦雲哭

殿前兵馬雖驍雄縱暴畧與羌渾同聞道殺人漢水上婦女多在官軍中

草堂

鋪陳終始暢竭洵爲豈非詩史

昔我去草堂蠻夷塞成都今我歸草堂成一作此都適無虞請陳初亂時反覆乃須臾一作斯須大將赴朝廷羣小起異圖中宵斬白馬盟歃氣已麤西取邛南兵北斷劍閣隅布衣數十人亦擁專城居其勢不兩大始聞蕃漢殊西卒卻倒戈賊臣互相誅焉知肘腋禍自及梟獍徒義士皆痛憤紀綱亂相踰一國實三公萬人欲爲魚唱和作威福孰肯一作能辨無辜眼前列杻械背後吹笙竽談笑行殺戮濺一作流血滿長衢到今

即羣兒白相貴意

汲本蘭詞

用鉞地風雨聞號呼鬼人一作妾與鬼馬色悲充爾娛
國家法令在此又足驚吁嗟子且奔走三年望東吳
弧矢暗江海難爲遊五湖不忍竟舍此復來薙榛蕪
八門四松在步屧一作牒萬竹疎舊犬喜我歸低徊入
衣舊作我裾鄰舍喜我歸沽酒攜胡蘆一云提榼壺大官喜
一作知我來遺騎問所須城郭喜一作知我來賓客隘一作
溢村墟天下尚未寧健兒勝腐儒飄颻一作飄飄風塵際
何地置一作致老夫於時見一作是疣贅骨髓幸未枯飲

喙媿殘生食薇不敢餘

四松

四松初移時大抵三尺强別來忽三載（一作歲）離立如人長會看根不拔莫計枝凋傷幽色幸（一作會）秀發疎柯亦已（一作昂）藏所插小藩籬本亦有隄防終然振（直庚切）撥損得愡（一作愧）千葉黃敢爲故林主黎庶猶未康避賊今始歸春草滿空堂覽物歎衰謝及茲慰淒涼清風爲我起洒面若微霜足以送老姿（一作足爲送老貧）聊

只十餘句便五轉

待（將一作）偃蓋張我生無根帶（蔕一作）配爾（汝一作）亦茫茫

有情且賦詩事迹可兩（兩一作可）忘勿矜千載後慘澹蟠

穹蒼

水檻

蒼江多風飈雲雨晝夜飛茅軒駕巨浪焉得不低垂

遊子久在外門戶無人持高岸尙如（爲一作）谷何傷浮

柱欹扶顚有勸誡恐貽識者嗤既殊大厦傾可以一

木支臨川視萬里何必欄檻爲人生感故物慷慨有

餘悲

破船

平生江海心宿昔具扁舟豈惟青溪上日傍柴門遊
蒼皇避亂兵緬邈懷舊丘鄰人亦已非野竹獨脩脩
船舷不重扣埋没已經秋仰看西飛翼下愧東逝流
故者或可掘新者亦易求所悲數奔竄白屋難久留

營屋

我有陰江竹能令朱夏寒陰通積水內高入浮雲端

甚一作如疑鬼物憑不顧剪伐殘東偏若面勢戶牖永可安愛惜已六載兹晨去千竿蕭蕭見白日洶洶開奔湍度堂匪華麗養拙異考槃草茅雖薙葺衰疾方少寬洗然順所適此足代加餐寂無斤斧響庶遂憩息歡

除草吳若本注去蘞草也蘞音潾山韭

草有害于人曾何生阻修其毒甚鋒蠆其多彌道周清晨步前林江色未散憂芒刺在我眼焉能待高秋

較前一作稍成文理

霜露一作雪一霑凝一作衣蕙葉亦難留荷鋤先童稚日入仍討求轉致水中央豈無雙釣舟頑根易滋蔓敢使依舊丘自茲一作移藩籬曠更覺松竹幽芟夷不可闕疾惡信如讎

揚旗二年夏六月成都尹嚴公置酒公堂觀騎士試新旗幟

江一作風雨颯長夏府中有餘清我公會賓客肅肅有異聲初筵閱軍裝羅列照廣庭庭空六一作四馬入駊騀揚旗一作旆旌迴迴偃飛蓋熠熠迸流星來纏一作衡

風飆急去擘山岳傾材歸俯身盡妙取畧地平虹霓就掌握舒卷隨人輕三州陷犬戎但見西嶺青公來練猛士欲奪天邊城此堂不易升庸蜀日已寧吾徒且加餐休適蠻與荆

太子張舍人遺織成褥段

大有關係之作

客從西北來遺我翠（細一作）織成開緘風濤湧中有掉尾鯨逶迤羅水族瑣細不足名客云充君褥承君終宴榮空堂魑魅（魍魎一作）走高枕形神清頷客珍重意顧

古樂府意

議論與意態充匝曲折信奇作也

此等詩獨見其大非三唐諸家所及

我非公卿畱之懼不祥施之混柴荆服飾定尊卑大哉萬古程今我一賤老裋一作短褐更無營煌煌珠宮物寢處禍所嬰一作縈歎息當路子干戈尙縱橫掌握有權柄衣馬自一云已肥輕李鼎死岐陽實以驕貴盈來瑱賜自盡氣豪直晉作眞阻兵皆聞黃金多坐見悔吝生奈何田舍翁受此厚貺情錦鯨卷還客始覺心和平振我麤席塵媿客茹一作飯藜羹皆聞一作昔聞

莫相疑行

絕妙

男兒生無所成頭皓白（樊作男兒一生無成頭皓白）牙齒欲落眞可惜憶獻三賦蓬萊宮自怪一日聲輝（一作燀　荆作烜）赫集賢學士如堵牆觀我落筆中書堂往時文彩動人主此（文粹作今）日饑寒趨路旁晚將末契託年少（文粹晚將末節契年少）當面輸（一作論）心背面笑寄謝悠悠世上兒不（一作莫）爭好惡莫相疑

別蔡十四著作

賈生慟哭後寥落無其人安知蔡夫子高義邁等倫

獻書謁皇帝志已清風塵流涕灑丹極萬乘爲酸辛
天地則創痍朝廷當（一作多）正臣異才復間出周道日
惟新使蜀見知己別顏始一伸主人薨城府扶櫬歸
咸秦巴道此相逢會我病江濱憶念鳳翔都聚散俄
十春我衰不足道但願子意（一作音）陳稍令社稷安自
契魚水親我雖消渴甚敢忘帝力勤尙思未朽骨復
覩耕桑民積水駕三峽浮龍倚長津（一云輪囷）揚舲洪濤
間仗子濟物身鞍馬下秦塞王城通北辰元甲聚不

望其別後復相會也

散兵久食恐貧窮谷無粟帛使者來相因若憑一云逢南轅吏陳作使書札到天垠

杜工部集卷五終

杜工部集卷六目錄

古詩五十三首

負薪行
最能行
寄裴施州
鄭典設自施州歸
柴門
貽華陽柳少府
雷
火

戲呈元二十一曹長

牽牛織女

毒熱寄簡崔評事十六弟

殿中楊監見示張旭草書圖

楊監又出畫鷹十二扇

送殿中楊監赴蜀見相公

贈李十五丈別

西閣曝日

杜工部集六目錄終

齊評正是突兀奇怪作此村朴老人態耳起語益差何必拘韻然詩實不佳

與觀羣怨讀此然有得斷不可爲訓宋入諸家評歎皆謎語也

杜工部集卷六

古詩五十三首 居雲安及至夔州作

杜鵑

古體樂府有此法不害大家

西川有杜鵑東川無杜鵑涪萬無杜鵑雲安有杜鵑我昔遊錦城結廬錦水邊有竹一頃餘喬木上參天杜鵑暮春至哀哀叫其間我見常再拜重是古帝魂生子百鳥巢百鳥不敢嗔一作喧仍爲餧其子禮若奉至尊鴻鴈及羔羊有禮太古前行飛與跪乳識序如

俚俚不成語

子美五古晚年自有此一種畢滯寒澁之筆不可學亦正不須學

又一作知恩聖賢古吾一作法則付與之一作後世傳君看
禽鳥情猶解事杜鵑今忽暮春間值我病經年身病
不能拜淚下如迸泉

客居

客居所居堂前江後山根下塹萬尋岸蒼濤鬱飛翻
葱青衆木梢邪豎雜石痕子規晝夜啼壯士斂精魂
峽開四千里水合數百源人虎相半居相傷終兩存
蜀麻久不來吳鹽擁荆門西南失大將商旅自星奔

今文降元戎已聞動行軒舟子候利涉亦憑節制尊
我在路中央生理不得論臥愁病脚廢徐步視小園
短畦帶碧草悵望思王孫鳳隨其皇去籬雀暮喧繁
覽物想故國十年別荒村日暮歸幾翼北林空自昏
安得覆八溟爲君洗乾坤稷契易爲力犬戎何足吞
儒生老無成臣子憂四番篋中有舊筆情至時復援

漫得及此

結語力之章法亦穩

客堂

憶昨離少城而今異楚蜀舍舟復深山窅窕一林麓

二韻兼凡

棲泊雲安縣消中內相毒舊疾甘載一作戰一作再來衰年得無足一作得弱足一作弱無足死爲殊方鬼悲哉頭白免短促老馬終望雲南鴈意在北別家長兒女欲起慚筋力客堂敘節改具物對羈束石暄蕨芽紫渚秀蘆笋綠巴鷺一作稼紛未稀徵麥早向熟悠悠日動江漠漠春辭木臺郎選才俊自顧亦已極前輩聲名人埋沒何所得居然綰章紱受性本幽獨平生憇息地必種數竿竹事業只濁醪營葺但草屋上公有記者累奏資薄祿

硯大難爲几案類搗衣石

不善學直率自然者便隨此途

連用三公字亦欠工

主憂豈濟時身遠彌曠職循鮑作脩文廟算正獻可天衢直尚想趨朝廷毫髮裨社稷形骸今若是進退委行色

石硯詩平侍御者

平公今詩伯秀發吾所羨奉使三峽中長嘯得石硯巨璞禹鑿餘異狀君獨見其滑乃波濤其光或雷電聯坳各盡墨多水遞隱現揮灑容數人十手可對面比公頭上冠貞質未爲賤當公賦佳句況得終清宴

佳句宜安石愛之

續恐作課

公含起草姿不遠明光殿致于丹青地知汝隨顧眄

水閣朝霽奉簡嚴雲安 一作雲安嚴明府

東城抱春岑江閣鄰石面崖鬼晨雲白朝旭 一作日 射

芳甸雨檻臥花叢風床展書卷 一作展輕幔 鈎簾宿鷺起

丸藥流鸎囀呼婢取酒壺續兒誦文選晚交嚴明府

矧此數相見

贈鄭十八賁

溫溫士君子令我懷抱盡靈芝冠衆芳安得闕親近

遭亂意不歸竄身跡非隱細人尚姑息吾子色愈謹
高懷見物理識者安肯哂卑飛欲何待捷徑應未忍
示我百篇文詩家一標準羈離交屈宋牢落値顏閔
水陸迷畏一作長途藥餌駐修軫古人日以遠青史字
不泯步趾詠唐虞追隨飯葵堇數盃資好事異味煩
縣尹心雖在朝謁力與願矛盾抱病排金門衰容豈
爲敏

三韻三篇

都讀不得

高馬勿唾（一作捶）面，長魚無損鱗。辱馬馬毛焦，困魚魚有神。君看磊落士，不肯易其身。（有古意）

蕩蕩萬斛船，影若揚白虹（揚一作摇）。起檣必椎牛，挂席集衆功。自非風動天，莫置大水中。

烈（一作列）士惡多門，小人自同調。名利苟可取，殺身傍權要。何當官曹清，爾輩堪一笑。（大還露）

青絲

青絲白馬誰家子，麤豪且逐風塵起。不聞漢主放妃

嬪近靜潼關掃蜂蟻殿前兵馬破汝時十月卽爲虀
粉期未如一作知面縛歸金闕萬一皇恩下玉墀

近聞

近聞犬戎遠遁逃牧馬不敢侵臨洮渭水逶迤白日
淨隴山蕭瑟秋雲高崆峒五原亦無事北庭數有關
中使似聞贊普更求親舅甥和好應難棄

蠶穀行

天下郡國向萬城無有一城無甲兵焉得鑄甲作農

全不知何故縱有其故亦自不成詩

器一寸荒田牛得耕牛盡耕一有田字蠶亦成不勞烈士

淚滂沱男穀女絲行復歌

折檻行

嗚呼房魏不復見秦王學士時難羨青衿冑子困泥塗白馬將軍若雷電千載少似朱雲人至今折檻空嶙峋婁公不語宋公語尚憶先皇容直臣

引水

月峽瞿塘雲作頂亂石崢嶸俗無井雲安沽水奴僕

悲魚復移居心力省白帝城西萬竹蟠接筒引水喉不乾人生留滯生理難斗水何直百憂寬

古柏行

孔明廟前一作階有老柏柯如青銅根如石霜一作蒼皮溜雨一作水四十圍黛色參天二千尺君臣已與時際會樹木猶爲人愛惜雲來氣接巫峽長月出寒通雪山白憶昨路遶錦亭一作城東先主武侯同閟宮崔嵬枝榦郊原古窈窕丹青戶牖空落落盤踞雖得地冥

冥孤高多烈風扶持自是神明力正直原因造化功大厦如傾要梁棟萬牛廻首丘山重不露文章世已驚未辭剪伐誰能送苦心豈免容螻蟻香一作密葉終一作會經一作驚宿鸞鳳志士幽人莫怨嗟一作傷古來材大難為用一作皆難用

縛雞行

小奴縛雞向市賣雞被縛急相喧爭家中厭雞食蟲蟻不知雞賣還遭烹蟲雞于人何厚薄吾叱奴人解

風土詩應如此
朴老

其縛雞蟲得失無了時注目寒江倚山閣

○負薪行 不必作

夔州處女髮半華四十五十無夫家更遭喪亂嫁不售一生抱恨堪一作長咨嗟土風坐男使女立應坡作男當門戶一作應門當戶女出入十猶一作有八九負薪歸賣薪得錢應一作當供給至老雙鬟一作鬟只垂頸野花山葉銀釵竝筋力登危集市門死生射利兼鹽井面粧首飾雜啼痕地褊衣寒困石根若道巫山女麤醜何得

比杜腸稍成音節亦不必作

此(一作北)有昭君村

最能行

峽中丈夫絶輕死少在公門多在水富豪有錢駕大舸貧窮取給行艓子小兒學問止論語大兒結束隨商旅欹帆側柂入波濤撇漩捎濆無險阻朝發白帝暮江陵頃來目擊信有徵瞿塘漫天虎鬚(一作眼)怒歸州長年行(一作與)最能此鄉之人氣(一作器)量窄悞競南風疎北客若道土(一作士)無英俊才何得山有屈原宅

寄裴施州

廊廟之具裴施州宿昔一逢無此（一作比）流金鐘大鏞在東序氷壺玉衡（英華作珩）懸清秋自從相遇感（晉作減）多病三歲爲客寬邊愁堯有四岳明至理漢二千石眞〔題中有之乃可〕分憂幾度寄書白鹽北苦寒贈我青羔（一作絲）裘霜雪迴光避錦袖龍蛇（刊作蛟龍）動篋〔雜亂無序〕蟠銀鉤紫衣使者辭（一作辟）復命再拜故人謝佳政將老已失子孫憂後來況接才華盛（英華此句下有遥憶書樓碧池映七字）

鄭典設自施州歸

吾憐滎陽秀冒暑初有適名賢愼所出（一作出處）不肯妄行役旅玆殊俗遠（一作還遠）竟以屢空迫南謁裴施州氣合無險僻攀援懸根木登頓入天（草堂陳浩然竝作矢）石青山自一川城郭洗憂慼聽子話此邦令我心悅懌其俗則（一作甚）純朴不知有主客溫溫諸侯門禮亦如古昔勑廚倍常羞杯盤頗狼籍時雖屬喪亂事貴賞（一作當）匹敵中宵愜良會裴鄭非遠戚羣書一萬卷博涉供

務隙他日辱銀鈎森疎見矛戟倒屣喜旋歸畫地求一作來所歷乃聞風上賀又重田疇闢刺史似寇恂列郡宜競惜一作借音迹北風吹瘴癘羸老思散策渚拂蒹葭塞一云寒嶠穿蘿蔦冪此身仗兒僕高興潛有激孟冬方首路強飯取崖壁歎爾疲駑駘汗溝血不赤終然備外飾駕馭何所益我有平肩輿前途猶準的翩翩入鳥道庶脫蹉跌厄

柴門

孤一作泛舟登瀼西廻首望兩崖東城乾旱天其氣如焚柴長影沒窈窕餘光散唅呀大江蟠嵌根歸海成一家下衝割坤軸竦壁攢鏌鋣蕭颯灑秋色氛一作氣昏霾日車峽一作陜門自此始最窄容浮查禹功翊造化疏鑿就欹斜巨渠決太古衆水爲長蛇風煙渺吳蜀舟楫通鹽麻我今遠遊子飄轉混泥沙萬物附本性約一云處身一作性不願一作欲奢茅棟蓋一床清池有餘花濁醪與脫粟在眼無咨嗟山荒人民少地僻日

夕佳貧病（一作賤）固其常富貴任生涯老于干戈際宅
幸蓬蓽遮石亂上雲氣杉清（晉作青）延月（一作日）華賞妍
又分外理愜夫何誇足了垂白年敢居高士差書此
豁平昔迴首猶暮霞

貽華陽柳少府

繫馬喬木間問人野寺門柳侯披衣笑（晉作嘯）見我顏
色温並坐石下堂（一云堂下石　一云石堂下）俛視大江奔火雲洗
月露絶壁上朝暾自非曉相訪觸熱生病根南方六

七月出入巽中原老少多暍死汙踰水漿翻傻才得之子筋力不辭煩指揮當世事語及戎馬存涕淚一云流涕濺我裳悲氣排帝閽鬱陶抱長策義仗知者論吾衰臥江漢但媿識璵璠文章一小技於道未爲尊起予幸斑白因是託子孫俱客古信州結廬依毀垣相去四五里徑微山葉繁時危挹佳士況免軍旅喧醉從趙女舞歌鼓秦人盆子壯顧我傷我驩兼淚痕餘生如過鳥故里今空村

敍得有真趣

好

精語拈悲

雷

大旱山岳燋密雲復無雨（一如覆如雨）南方瘴癘地罹此農事苦封內必舞雩峽中喧擊鼓眞龍竟寂寞土梗空俯僂吁嗟公私病稅斂缺不補故老仰面啼瘡痍向誰數暴尫或前聞鞭巫非稽古請先偃甲兵處分聽人主萬邦但各業一物休盡取水旱其數然（一云數至然）堯湯免親覩上天鑠金石羣盜亂豺虎二者存一端愆陽不猶愈昨宵殷其雷風過齊萬弩復吹霾翳

昌黎似此

散慮覺神靈聚氣喝腸胃融汗滋衣裳污一云腐吾哀尤拙計一云計拙失望築場圃

火

韓文公陸渾火詩已不成章猶以學問勝如此欲何爲哉

楚山經月火大旱則斯舉舊俗燒蛟一作虵龍驚惶致雷雨爆嵌魑魅泣崩凍嵐陰昈羅落沸百泓根源皆萬一作太古青林一灰燼雲氣無處所入夜殊赫然新秋照牛女風吹巨焰作河棹一作淡騰一作勝煙柱勢欲焚崑崙光彌燃洲渚腥至焦長虵聲吼一云吼爭纏猛虎

苦熱儘爲脫體然不爲佳

單滯甚從正是此種

神物已高飛不一作只見石與土爾寧要謗讟憑此近
熒侮薄關長吏憂甚昧至精主遠遷誰撲滅將恐及
環堵流汗臥江亭更深氣如縷

七月三日亭午已後較熱退晚加小凉穩睡有
詩因論壯年樂事戲呈元二十一曹長

今茲商用事餘熱亦已末衰年旅炎方生意從此活
亭午減汗流北鄰耐人聒晚風爽烏匼筋力蘇摧折
閉目踰十旬大江不止渴退藏恨雨師健步聞一作供

旱魃園蔬抱金玉無以供採掇密雲雖聚散徂暑終一作經衰歇前聖眷焚巫武王親救暍陰陽相主客時序遞迴斡灑落唯淸秋昏霾一空闊蕭蕭紫塞鴈南向欲行列欻思紅顏日霜露凍堦闥胡馬挾琱弓鳴弦不虛發長鈚逐一作及狡兎突羽當滿月惆悵白頭吟蕭條游俠窟臨軒望山閣縹緲安可越高人煉丹砂未念將朽骨少壯跡頗踈歡樂曾倏忽杖藜風塵際老醜難翦拂吾子得神仙本是池中物賤夫美一

柳艷多事反不成篇

起得好以後用得錯雜

睡煩促叟詞筆

牽牛織女

牽牛出河西織女處其東萬古永相望七夕誰見同神光（一作仙）意（一作竟）難候此事終蒙朧颯然精靈合何必秋遂通亭亭新粧立龍駕具曾空（一作穹）世人亦爲爾祈請走兒童稱家隨豐儉白屋達公宮膳夫翊堂殿鳴玉淒房櫳曝衣遍天下曳月揚微風蛛絲小人態曲綴（一作掇）瓜果中初筵裛重露日出甘所終（一作從）

言夫婦如君臣之契合也

實境

嗟汝未嫁女秉心鬱忡忡防身動如律竭力機杼中雖無姑舅事敢昧織作功明明君臣契咫尺或未容義無棄禮法恩始夫婦恭小大有佳期戒之在至公方圓苟齟齬丈夫多英雄一云勿替丈夫雄

毒熱寄簡崔評事十六弟

大暑一作火運金氣荆揚不知秋林下有塌翼水中無行舟千室但掃地閉關人事休老夫一作大轉不樂旅次兼百憂蝮蛇暮偃蹇空牀難暗投炎宵惡明燭泥

乃懷舊丘開襟仰內弟執熱露白頭束帶負芒刺接居成阻修何當清霜飛會子臨江樓載聞大易義諷興一作咏詩家流蘊藉異時輩檢身非苟求皇皇使臣體信是德業優楚材擇杞梓漢苑歸驊騮短章達我心理爲一云待一云識者籌

殿中楊監見示張旭草書圖

斯人已云亡草聖秘難得及兹煩見示滿目一淒惻悲風生微綃萬里起古色鏘鏘鳴玉動落落羣松直

筆勢開拓畫扇乃不意出此

連山蟠其間溟漲與筆力有練實先書臨池眞盡墨
俊拔爲之主暮年思轉極未知張王後誰並百代則
嗚呼東吳精逸氣感淸識楊公拂篋笥舒卷忘寢食
念昔揮毫端不獨觀酒德

楊監又出畫鷹十二扇畫馬畫鷹之題此公獨出陶鑄氣格過人

近時馮紹正能畫鷙鳥樣明公出此圖無乃傳其狀
殊姿各獨立淸絶心有向一作尙疾禁千里馬氣敵萬
人將憶昔驪山宮冬移含元仗天寒大羽獵此物神

俱王當時無凡材百中皆用壯粉墨形似閒識者一
惆悵干戈少暇日眞骨老崖嶂爲君除狡兔會是翻一作飛韝上

送殿中楊監赴蜀見相公

去水絕還波洩雲無定姿人生在世間聚散亦暫時
離別重相逢偶然豈定期送子淸秋暮風物長年悲
豪俊貴勳業邦家頻出師相公鎭梁益軍事無孑遺
解榻再見今用才復擇誰況子已高位爲郡得固辭

難拒供給費慎哀漁奪私干戈未甚息紀綱正所持汎舟巨石橫登陸草露滋山門日易久（一云夕）當念居者思

贈李十五丈別

峽人鳥獸居其室附層顛下臨不測江中有萬里船多病紛倚薄少留改歲年絕域誰慰懷開顏喜名賢孤陋忝未親等級敢比肩人生意頗合（一作氣）相與襟袂連一日兩遣僕三日一共筵揚論展寸心壯筆過

飛泉元成美價存子山舊業傳不聞八尺軀常受衆目憐且爲辛苦行蓋被生事牽北迴白帝棹南入黔陽天洴公制方隅迥出諸侯先封內如太古時危獨蕭然淸高金莖露一作金掌露一作金莖掌正直朱絲絃昔在堯四岳今之黃潁川于邁恨不同所思無由宣山深水增波解榻秋露懸客遊雖云久主要陳作亦思月再圓晨集風渚亭醉操雲嶠篇丈夫貴知已歡罷念歸旋

西閣曝日

凜冽倦玄冬負暄嗜飛閣羲和流德澤顓頊愧倚薄毛髮具自和一作私肌膚潛沃若太陽信深仁衰氣欻有託欹傾煩注眼容易收病腳流離或作瀏漓木杪一作梢猿翩躚山顛鶴用刊作朋知苦聚散哀樂日已作一作亦已昨卽事會賦詩人生忽如昨一作錯古來遭喪亂賢聖盡蕭索胡為將暮年憂世心力弱

課伐木并序

課隸人伯夷幸一作辛秀信行等入谷斬陰木人日

四根止維條伊枚正直挺然晨征暮返委積庭内我有藩籬是缺是補載伐篠簜伊仗（一作杖）支持則旅次于小安山有虎知禁若恃爪牙之利必昏黑樘（吾作撐一作搪）突夔人屋壁列（一作例）樹白菊（一作蔛）鏝爲牆實以竹示式遏爲與虎近混淪乎無良賓客憂（一作齒）害馬之徒苟活爲幸可嘿息已作詩示宗武（一作文）誦

長夏無所爲客居課奴（一作童）僕淸晨飯其腹（一作腸）持

斧入白谷青冥曾巔後十里斬陰木人肩四根已亭午下山麓尚聞丁丁聲功課日各足蒼皮成委積吳本作積委素節相照燭藉汝跨小籬當仗一云杖一云材苦一云若虛竹空荒咆熊羆乳獸待人肉不示知禁情豈惟干戈哭城中賢府主處貴如白屋蕭蕭理體淨蜂蠆不敢毒虎穴連里閭隄防舊風俗泊舟滄江岸久客慎所觸舍西崖嶠壯雷雨蔚含蓄墻宇資屢脩衰年怯幽獨爾曹輕執熱爲我忍煩促秋光近青岑季月當

設色新

泛菊報之以微寒共給酒一斛

園人送瓜

江間雖炎瘴瓜熟亦不早柏公鎮夔國滯務茲一作資一掃食新先戰士共少及溪一作窮老傾筐蒲鴿青滿眼顏色好竹竿接嵌竇引注來鳥道沈浮亂水玉愛惜如芝草落刃嚼冰霜開懷慰枯槁許以秋蒂除仍看小童一作兒抱東陵一作溪跡蕪絕楚漢休征討園人非故侯種此何草草

此類都爲鍾譚所賞

此類當黄山谷所謂不煩繩削而自合者真是讀處陵翁評是

信行遠修水筒

汝性不茹葷清靜僕夫內秉心識本（一作根）源於事少滯礙雲端水筒坼林表山石碎觸熱藉子修通流與廚會往來四十里荒險崖谷大日𤑮驚未餐（一作食）貌赤媿相對浮瓜供老病裂餅嘗所愛於斯答恭謹足以殊殿最詎要方士符何假將軍蓋（高麗本作佩）行諸直如筆用意崎嶇外

槐葉冷淘

青青高槐葉采掇付中廚新麪來近市汁滓宛相俱
入鼎資過熟加餐愁欲無碧鮮俱照筯香飯兼苞蘆
經齒冷于雪勸人投此一作比珠願隨金騕褭走置錦
屠蘇又作廜蘇路遠思恐泥興深終不渝獻芹則小小薦
藻明區區萬里露寒殿開氷清玉壺君王納凉晚此
味亦時須

行官張望補稻畦水歸

東屯大江北一云枕大江百頃平若桉六月青稻多千畦

作此等詩何趣況

亦開宋人法

碧泉亂插秧適云已引溜加溉灌更僕往方塘決渠當斷岸公私各地著浸潤無天旱主守問家臣分明一作朋見溪伴一作畔芊芊一作芋芋一作芉芉炯翠羽剡剡生一作向銀漢鷗鳥鏡裏來關山雪邊看秋菰成黑米精鑿一作穀傳一作傅白粲玉粒足晨炊紅鮮任霞散終然添旅食作苦期壯觀遺穗及衆多我倉戒滋蔓

催宗文樹雞柵

吾衰怯行邁旅次展崩迫愈風傳烏雞秋卵方漫喫

自春生成者隨母向百翮驅趂制不禁喧呼山腰宅課奴殺青竹終日憎（一作增，晉作帽）赤幘踏藉盤桉翻塞蹊使之隔墻東有隙（晉作間散）地可以樹高柵避熱時來（晉作未）歸問兒所爲跡織籠曹其內令入不得擲稀開可（一作苦）突過觜爪還污席我寬螻蟻遺彼免狐貉厄應宜各長幼自此均勍敵籠柵念有修近身見（一作知）損益明明領處分一一當剖析不昧風雨晨亂離減憂慼其流則凡鳥其氣心匪石倚賴窮歲晏撥煩去（一作

韓蘇極學此種而有青出于藍之妙

及氷釋未似尸鄉翁拘畱蓋阡陌

園官送菜 井序

園官送菜把本數日闕矧苦苣馬齒掩乎嘉蔬傷小人妬害君子菜不足道也比而作詩

清晨蒙（一作送）菜把常荷地主恩守者愆實數畧有其名存苦苣刺如針馬齒葉亦繁青青嘉蔬色埋沒在（晉作自）中園園吏未足怪世事固堪論嗚呼戰伐久荆棘暗長原乃知苦苣輩傾奪蕙草根小人塞道路爲

態何喧喧又如馬齒盛氣擁葵荏昏點染不易虞絲麻雜羅紈一經器一作氣物內永挂麤刺痕志士採紫芝放歌避戎軒畦丁負籠至感動百慮端

上後園山腳

朱夏熱所嬰清旭一作日步北林小園背高岡挽葛上崎崟曠望延駐目飄颻散疏襟潛鱗恨水一作川壯去翼依雲深勿謂地無彊劣於山有陰石櫃遍天下水陸兼浮沉自我登隴首十年經碧岑劍門來巫峽薄

倚浩至今故園暗戎馬骨肉失追尋時危無消息老去多歸心志士惜白日久客藉黃金敢爲蘇門嘯庶作梁父吟

亦是髯蘇山谷濫觴

驅豎子摘蒼耳

江上秋巳分林一作村中瘴猶劇畦丁告勞苦無以供日夕蓬蒿獨不獨一作猶焦野蔬暗泉石卷耳況療風童兒且時摘一云童僕先時摘侵星驅之去爛熳任遠適放筐亭一作當午際洗剝相蒙羃登牀半生熟下筯還小益

此老閔閔恤人之心隨處觸發

加點瓜薤間依稀橘一作木奴跡亂世誅求急黎民糠籺窄飽食復何心荒哉膏粱客富家廚肉臭戰地骸骨白寄語惡少年黃金且休擲

秋行官張望督促東渚耗一作刈稻向畢清晨遣女奴阿稽豎子阿段往問

東渚雨今足佇聞粳稻香上天無偏頗蒲稗各自長人情見非類田家戒其荒功夫競搰搰除草置岸旁穀者命之一云令士本客居安可忘青春具所務勤墾免

亂常吳牛力容易並驅去聲動莫當一云遊場紛豐苗亦已

穊雲水照方塘有生固蔓延靜一資隄防督領不無

人提攜一作挈頗在綱荆揚風土暖肅肅候微霜尚恐

主守疎用心未甚臧清朝遣婢僕寄語踰崇岡西成

聚必散不獨陵我倉豈要仁里譽感此亂世忙北風

吹蒹葭蟋蟀近中堂荏苒百工休鬱紆遲暮傷

阻雨不得歸瀼西甘林

三伏適已過驕陽化爲霖欲歸瀼西宅阻此江浦深

壞舟百板坼峻岸復萬尋篙工初一棄恐泥勞寸心佇(一作倚)立東城隅悵望高飛禽草堂亂玄圃不隔崑崙岑昏渾衣裳外曠絶同層陰園甘長成時三寸如黃金諸侯舊上計厥貢傾千林邦人不足重所迫豪吏侵客居暫封殖日夜偶瑤琴虛徐五株態側塞煩胸襟焉得(一作能)輟兩(一作雨)足杖藜出嶇嶔條流數翠實偃息歸碧濤拂拭烏皮几喜聞樵牧音令兒快搔背脫我頭上簪

佳

舊註白露誰能數借用佛書而露皆有頭數甚

雨

峽雲行淸曉煙霧相徘徊風吹好句蒼江樹晦菴作去雨灑石壁來淒淒生餘寒殷殷兼出一作山雷白谷變氣候朱炎安在哉高鳥濕不下居人門未開楚宮久已滅幽珮爲誰哀侍臣書王夢賦有冠古才冥冥翠龍駕多自巫山臺

雨二首

青山澹無姿白露誰能數片片水上雲蕭蕭沙中雨

殊俗狀巢居曾臺俯風渚佳客適萬里沉思情延佇
挂帆遠色外驚浪滿吴楚久陰蝬螭出寇盜一云冠盖復
幾許
空山中宵陰微冷先枕席廻風起清曙萬象萋已碧
落落出岫雲渾渾倚天石日假何道行雨含長江白
連檣荆州船有士荷矛戟南防草鎮慘霑濕赴遠役
羣盜下辟山總戎備強敵水深雲光廓鳴櫓各有適
漁艇息一作自悠悠夷歌負樵客留滯一老翁書時記

朝夕

晚登瀼上堂

故躋瀼岸高頗免崖石擁開襟野堂豁繫馬林花動
雉堞粉如雲山田麥無壠春氣晚更生江流靜猶湧
四序嬰我懷羣盜久相踵黎民困逆節天子渴垂拱
所思注東北深峽轉修聳衰老自成病郎官未爲冗
淒其望呂葛不復夢周孔濟世數嚮時斯人各枯冢
楚星南天黑蜀月西霧重安得隨鳥翎迫此懼將恐

高曠忽似太白

又上後園山腳

昔我遊山東憶戲東嶽陽窮秋立日觀矯首望八一云北荒朱崖著毫髮碧海吹衣裳蓐收困用事玄冥蔚強梁逝水自朝宗鎮名各其方平原獨憔悴農力廢耕桑非闕一作北闕風露凋曾是戍役傷於時國用富足以守邊疆朝廷任猛將遠奪戎虜場到今事反覆故老淚萬行竄蒙不復見況乃懷舊一作故鄉肺萎屬久戰骨出熱中腸憂來杖匣劍更上林北岡瘴毒猿鳥

落峽乾南日黄秋風亦已起江漢始如湯登高欲有往蕩析川無梁哀彼遠征人去家死路旁不及祖父塋纍纍塚相當

雨

山雨不作埿江雲薄爲霧晴飛半嶺鶴風亂平沙樹明滅洲景微隱見巖姿露拘悶出門遊曠絶經目趣消中日伏枕臥久塵及屨豈無平肩輿莫辨望鄉路兵戈浩未息蛇虺反相顧悠悠邊月破鬱鬱流年度

鍼灸阻朋曹糠籺對童孺一命須屈色新知漸成故窮荒益自卑飄泊欲誰訴尫羸愁應接俄頃恐違（一作危）迕浮俗何萬端幽人有獨（吳作高）步龐公竟獨往尙子終罕遇宿留洞庭秋天寒瀟湘素杖策可入舟送此齒髮暮

甘林

捨舟越西岡入林解我衣青芻適馬性好鳥知人歸晨光映遠岫夕露見日晞遲暮少寢食清曠喜荆扉

經過倦俗態在野無所一云或違試問甘藜藿未肯羨
輕肥喧靜不同科出處各天機勿矜朱門是陋此白
屋非明朝步鄰里長老可以依時危賦斂數脫粟爲
爾揮相攜行荳田秋花靄菲菲子實不得喫貨市送
王畿盡添軍旅用迫此公家威主人長跪問戎馬何
時稀我衰易悲傷屈指數賊圍勸其死王命愼莫遠
奮飛

雨

行雲遞崇高飛雨靄而至潺潺石間溜汩汩松上駛亢陽乘秋熱百穀皆一作亦已棄皇天德澤降焦卷有生意前雨傷卒暴今雨喜容易不可無雷霆間作鼓增氣佳聲達中宵所望時一致清霜九月天髣髴見滯穗郊扉及我私一云栽耘我圃日蒼翠恨無抱甕力庶減臨江費吳若本注峽內無非取江水喫

種萵苣并序

既雨已秋堂下理小畦隔種一兩席許萵苣向二

旬矣而苣不甲坼伊人一作獨野莧青青傷時君子或晚得微祿轗軻不進因作此詩

陰陽一錯一作屯亂驕蹇不復理枯旱于其中叅方慘如爕植物半蹉跎嘉生將已矣雲雷欻奔命師伯集所使指麾赤白日澒洞青光一作雲色起雨聲先已晉作以風散足盡西靡山泉落滄江霹靂猶在耳終朝紆颯沓信宿罷瀟灑堂下可以畦呼童對經始苣兮蔬之常隨事蓺其子破塊數席間荷鋤功易止兩旬不甲

坼空惜埋泥滓野莧迷汝來宗生實於此此輩豈無秋亦蒙寒露委翻然出地速滋蔓戶庭毁因知邪干正掩抑至沒齒賢良雖得祿守道不封已擁塞敗芝蘭衆多盛荆杞中園陌蕭艾老圃永爲耻登于白玉盤藉以如霞綺莧也無所施胡顏入筐篚

暇日小園散病將種秋菜督勒耕牛兼書觸目

不愛入州府畏人嫌我眞及乎歸茅宇一云及歸在茅屋旁舍未曾嗔老病忌一作恐拘束應接喪精神江村意自

居心何厚

（一作日）放林木心所欣秋耕屬地濕山雨近甚匀冬菁飯之半牛力晚（一作曉）來新深耕種數畝未甚後四鄰嘉蔬既不一名數頗具陳荆巫非苦寒採擷接青春

最有此病

飛來兩白鶴暮啄泥中芹雄者左翮垂損傷已露（一作及）筋一步再流血尚經（一作驚）繒繳勤三步六號叫志屈悲哀頻鸞凰不相待側頸訴高旻杖藜俯沙渚爲汝鼻酸辛

杜工部集卷六終

七八

杜工部集　卷七八

杜工部集卷七目録

古詩四十九首

大覺高僧蘭若

杜工部集卷七目錄終

八哀詩自是鉅篇頗多鈍拙不可曉何也○八哀詩本非集中高作世多稱之不敢議者皆揣骨聽聲者耳其中累句須痛刊之乃善石林葉氏之言其識勝崔德符多矣予居易錄中詳之

杜工部集卷七

古詩四十九首 居夔州作

八哀詩 并序

傷時盜賊未息興起王公李公歎舊懷賢終于張相國八公前後存沒遂不詮次焉

贈司空王公思禮 高麗人

司空出東夷童稚刷勁翮追隨燕薊兒穎銳 一作脫 物不隔服事哥舒翰意無 晉作氣無 流沙磧未甚拔行間犬

八哀詩鋪敘緊密波瀾壯不當於句字間論工拙也葉石林謂八篇本非集中高作而世多尊稱不敢議其病蓋傷於多又云中多累句二病實亦不免正是無妨大家

戎大充斥短小精悍姿屹然強寇敵貫穿百萬眾出入由咫尺馬鞍懸將首甲外控鳴鏑洗劍青海水刻銘天山石九曲非外蕃其王轉深壁飛兎不近鷙鳥資遠擊曉達兵家流飽聞春秋癖胸襟日沉靜肅肅（晉作蕭灑）自有適潼關初潰散萬乘猶辟易（不成語）偏裨無所施元帥見手格太子入朔方至尊狩梁益胡馬纏伊洛中原氣甚逆肅宗登寶位塞望勢敦迫（一作逼）公時徒步至請罪將厚責際會清河公間道傳玉冊天王

拜跪畢讜議果冰釋翠華卷飛雪（一云飛雪中）熊虎亘阡陌屯兵鳳凰山帳殿涇渭闢金城賊咽喉詔鎮雄所搤禁暴清（一作靖一作靜）無雙爽氣春淅瀝巷有從公歌野多青青麥及夫哭廟後復領太原役恐懼祿位高悵望王土窄不得見清時嗚呼就窀穸永（一作空）繫五湖舟悲甚田橫客千秋汾晉閒事與雲水白昔觀文苑傳豈述廉藺績（一作蹟）嗟嗟（晉作諾諾）鄧大夫士卒終倒戟

故司徒李公光弼（廣德二年七月卒）

司徒天寶末北收晉陽甲胡（一作獷）騎攻吾城愁寂意
不愜人安若泰山薊北斷右脅朔方氣乃（一作多）蘇黎
首見帝業二宮泣西郊九廟起頹壓未散河陽卒思
明僞臣妾復自碣石來火焚乾坤獵高視笑祿山公
又大獻捷（一云獻大捷）異王冊崇勳小敵信所怯擁兵鎮
河汴千里初妥帖青蠅紛（一作徒）營營風雨秋一葉內
省未入朝死淚終映睫大屋去高棟長城埽遺堞平
生白羽扇零落蛟龍匣雅望與（晉作歟）英姿惻愴槐里

接三軍晦光彩烈士痛稠疊直筆在史臣將來洗箱篋吾思哭孤冢南紀阻歸楫扶顛永蕭條未濟失利涉疲苶竟何人灑涕巴東峽

贈左僕射鄭國公嚴公武（永泰元年卒）

鄭公瑚璉器華岳金天晶昔在童子日已聞老成名嶷然大賢後復見秀骨清開口取將相小心事友生閱書百紙（一云氏）盡落筆四座驚歷職匪父任嫉邪常力爭漢儀尚整肅胡騎忽縱橫飛傳自河隴逢人問

京兆四語亦是累句京兆一句註引張敞走馬及鄭崇事

公卿不知萬乘一作乘輿出雪涕風悲鳴受詞劒閣道謁帝蕭關城寂寞雲臺仗飄颻沙塞旌江山少使者笳鼓凝皇情壯士血相視一作見忠臣氣不一作未平密論貞觀體揮發岐陽征感激動四極聯翩收二京西郊牛酒再一作至原廟丹青明匡汲俄寵辱衛霍竟哀榮四登會府地三掌華陽兵京兆空柳色一作市尚書無履聲羣烏自朝夕白馬休橫行諸葛蜀人愛文翁儒化成公來雪山重公去雪山輕記室得何遜韜鈐延

不倫無謂

又言其死事出

又引御史府烏及張湛乘白馬事俱無謂竊所未喻

子荆四郊失壁壘虛館開逢迎堂上指圖書一作畫軍
中吹玉笙豈無成都酒憂國只細傾時觀錦水釣問
巧語正意
俗終相并意待犬戎滅人藏紅粟盈以兹報主願庶
或獲一作禪世程炯炯一心在沉沉二豎嬰顏回竟短
武年僅四
折賈誼徒忠貞飛旋出江漢孤舟轉荆衡虛無舊本虛爲作本作虛橫橫字時蓋公自況也馬融笛悵望龍驤塋空餘老賓客
情感無盡
身上愧簪纓

贈太子太師汝陽郡王璡天寶九載卒

此起亦如太原公子真氣奪人

上又必懶

八哀詩往往多累句稚句

汝陽讓帝子眉宇真天人虬鬚似太宗色映塞外一作寒夜春往者開元中主恩視遇頻出入獨非時禮異見羣臣愛其謹潔極倍此骨肉親從容聽退一作朝後或在風雪晨忽思格猛獸苑囿騰清塵羽旗動若一萬馬肅駪駪詔王來射雁拜命已挺身箭出飛鞚內上又入一作回翠麟翻然紫塞翮下拂明月輪胡人雖獲多天笑不爲新王每中一物手自與金銀袖中諫獵書叩馬久上陳竟無銜橛虞聖聰慈一作矧多仁官免

婉曲思致

能忠

供給費。水有在藻鱗。匪唯帝老大，皆是王忠勤。晚年務置醴，門引申白賓。道大容無能，永懷待芳茵。好學尚貞烈，義形必霑巾。揮翰綺繡揚，篇什若有神。川廣不可泝，墓久狐兔鄰。宛彼漢中郡，文雅見天倫。何以開（一作慰）我悲，泛舟俱遠津。溫溫昔風味，少壯已書紳。舊遊易磨滅，衰謝增（一作多）酸辛。

此又是死人中人生人

舊評千言萬恨儘有餘情

贈秘書監江夏李公邕

長嘯宇宙間，高才日陵（一作淪）替。古人不可見，前輩復

文士豪華俠縱之氣宛然

办太拖沓

誰繼憶昔李公存詞林有根柢聲華當健筆灑落富
清製風流散金石追琢山岳銳情窮造化理學貫天
人際千謁走其門碑版照四裔各滿深望還森然起
凡例蕭蕭白楊路洞徹晉作澗輸寶珠惠龍宮塔廟湧卞作
湧浩刧浮雲一作空衞宗儒俎豆事故吏去思計眄睞
已皆虛跋涉曾不泥向來映當時豈獨一作特勸後世
豐屋珊瑚鉤騏驎織成罽紫騮隨劒几義取無虛歲
分宅脫驂間感激懷未濟衆歸賙給美攏落多藏晉作

今日文人通病正患無根柢
銘墓 寺觀
學校 頌政碑
四語指求文餼遺
四語美爸能散財

一不倫

往者以下序邑之負氣節而屢遭貶斥也

小臣幾舊註指吉溫事似已又引左傳與小臣幾語亦不切

贓

穢獨步四十年風聽九皐唳嗚呼江夏姿竟掩宣
尼袂往者武后朝引用多寵嬖否臧太常議面折二
晉作三 張勢衰俗凜生風排蕩秋旻霽忠貞負冤晉作怨
恨宮闕深旒綴放逐早聯翩低垂困炎厲日斜鵩鳥
入魂斷蒼梧帝榮一作策 枯走不暇星駕無安稅幾分
漢廷竹夙擁文侯篲終悲洛陽獄事近小臣敝一作斃
禍階初負謗易力何深嚌伊昔臨淄亭酒酣托末契
未解
重敘東都別朝陰改軒砌論文到崔蘇指晉作推 盡流

水逝近伏盈川雄、（楊炯）未甘特進麗（李嶠）是非張相國、（燕公說）相扼一危脆爭名古豈然、鍵捷（英華作關鍵注云鍵揵二字廣韻通用）歘不閑例（一作倒）及吾家詩曠懷掃氛翳慷慨嗣眞作（和李大夫）嵒嗟玉山桂鍾律儼高懸鯤鯨噴迢遞坡陁青州血蕪沒汶陽瘞哀贈竟蕭條恩波延揭厲子孫存如綫舊客舟凝滯君臣尚論兵將帥接燕薊朗詠六公篇（張柬等五王洎狄相六公）憂來豁蒙蔽

故秘書少監武功蘇公源明

用事往往妙於化

應起句少孤

不受僞官欠發得精采

武公少也孤徒步客一作寓徐兗讀書東岳中十載考
墳典時下萊蕪郭忍饑浮雲巘負米晚爲身每食臉
必泫夜字照爇薪垢衣生一作帶碧蘚庶以勤苦志報
茲劬勞顯一作願學蔚醇儒姿文包舊史善灑落一作汲
辭幽人歸來潛京輦射君東堂策魯作射策君東堂宗匠集
精選制可題一作制題墨未乾乙科一作休聲已大闡文章日
自負吏祿晉作掾吏亦累踐晨趨閶闔內足踏宿昔趼一
麾出守還黃屋朔風卷不暇陪八駿虜庭悲所遣平

指陷賊不預事

◎

祿山陷京師源明以病不受偽署得擢知制誥故有茂松之況

舊本四語應存

多不可解

生滿樽酒斷此朋知展憂憤病二秋有恨石一作不可
轉肅宗復社稷得無逆順辨范曙顧其兒李斯憶黃
犬秘書茂松意文苑英華云秘書茂松色屢扈祠壇墠前後百卷文枕藉皆禁臠篆刻揚雄流溟漲本末淺玉仲正本屢扈作再從篆刻作制作溟漲本末淺青熒芙蓉
劒犀兒豈獨剸反為後輩褻子實苦懷緬煌煌齋房
芝事絕萬手搴垂之俟來者正始徵一作貞避嫌名勸勉不
要一作惡懸黃金胡為投乳一作亂臏結交三十載吾與
誰遊衍滎陽復冥寞罪罟已橫罥音泫嗚呼子逝日始

泰則（晉作卽）終蹇長安米萬錢、凋喪盡餘喘、戰伐何當
解、歸帆阻清沔、尙纏漳水疾、永負蒿里餞、
故著作郎貶台州司戶滎陽鄭公虔
鶢鶋至魯門、不識鐘鼓饗、孔翠望赤霄、愁思（一作入）雕
籠養、滎陽冠衆儒、早聞名公賞、地崇士大夫、况乃氣
精爽、（待者公在疾、蘇許公頲位尊望重、素未相識、早愛才名、躬自哀問、後結忘年之契、遠邇嘉之）
天然生知姿、學立游夏上、神農極闕漏、黃石愧師長、
藥纂西極（一作域）名、兵流指諸掌、（公著薈蕞等諸書之外、又撰胡本草七卷）

形容其人綜博多能妙絕矣

替他出脫汚僞之罪用意深至

貫穿無遺恨曾蕞何技癢圭臬星經奧蟲篆丹青廣子雲窺未遍方朔諧太枉神翰顧不一體變鍾兼兩文傳天下口大字猶在牓昔獻書畫圖新詩亦俱往滄洲動玉陛宣一作寡鶴誤一響三絕自御題四方九

不知　不成語

所仰嗜酒益疎放彈琴視天壤形骸實土木親近唯几杖未曾寄曾作記官曹突兀倚書幌晚就芸香閣胡塵昏坱莽反覆歸聖朝點染無滌盪老蒙台州掾泛泛英華作遲泛溯江槳履穿四明雪飢拾楢溪橡空間紫

芝歌不見杏壇丈天長眺東南秋色餘魍魎別離慘
至今斑白徒懷曩春深秦一作泰山秀葉墜清渭朗劇
談王侯門野稅林下鞅掾紙終夕酣時物集遐想詞
場竟疎闊平昔濫吹晉作咨獎百年見存沒牢落吾安
放一作倣蕭條阮咸在出處同世網他日訪江樓含悽
述飄蕩

故右僕射相國英華有曲江二字張公九齡開元二十八年七月
卒

獨此爲劣

舊評九齡大節惟論祿山此既不甚白末亦不及弔祭殆失盡意

此與蘇源明篇累何實亦不免

相國生南紀金璞無留礦仙鶴下人間獨立霜毛整矯然江海一作漢思復與雲路永寂寞想土一作玉階未遑等箕潁上君白玉堂倚君金華省碣石一作竭力歲崢嶸天地一作池日蛙黽退食吟大庭何心記一作託榛梗骨驚畏曩哲鬒一作鬢變負人境雖蒙換蟬冠右地恧多幸敢忘一作志二疏歸痛迫蘇耽井紫綬一作金紫映暮年荊州謝所領庾公與不淺黃霸鎮每靜賓客引調同諷詠在務屏詩罷地有餘一云詩地能有餘篇終語清省

二首絕妙難以逐句賞也

一陽發陰管淑氣含公鼎乃知君子心用才文章境散帙起翠螭倚薄巫廬並綺麗元暉擁牋誄任昉騁自我（一作成）一家則（一作削）未鈌隻字警千秋滄海南名繫朱鳥影歸老守故林戀闕悄（一作嘗）延頸波濤良史筆蕪絕大庾嶺向時禮數隔制作難上請再讀徐孺碑猶思理烟艇

寫懷二首

勞生共乾坤何處異風俗冉冉自趨競行行見羈束

杜集卷七 十

達人之言

淵明佳境

無貴賤不悲無富貧亦足萬古一骸骨鄰家遞歌哭
鄙夫到巫峽三歲如轉燭全命甘留滯忘情任榮辱
朝班及暮齒日給還脫粟編蓬石城東採藥山北（一作林）谷用心霜雪間不必條蔓綠非關故安排曾是順
幽獨達士如弦直小人似鈎曲曲直我不知負暄候
樵牧（結語近道）

夜深坐南軒明月照我鄰驚風翻河漢梁棟已出日（一作日已出）
羣生各一宿飛動自儔匹吾亦驅其兒營營

結語不甚可解

爲私實（晉作室）天寒行旅稀歲暮日月疾榮名忽（一作惑）中人世亂如蟣虱古者三皇前滿腹志願畢胡爲有結繩陷此膠與漆禍首燧人氏厲階董狐筆君看燈燭張轉使飛蛾密放神八極外俯仰俱蕭瑟終契如往還（一云終然契眞如）得匪合仙術（一作歸匪金仙術）

可歎

天上浮雲如白衣（一作似）斯須改變如蒼狗古往今來共一時人生萬事無不有近者抉眼去其夫（陳作眯）河

雜亂鈍拙皆不可讀

東女兒身姓柳丈夫正色動引經酆城客子王季友羣書萬卷常暗誦孝經一通看在手貧窮老瘦家賣屐一作屨好事就之爲攜酒豫章太守高帝孫引爲賓客敬頗久聞一作問道三年未曾語小心恐懼閉其口太守得之更不疑人生反覆看亦醜明月無瑕豈容易紫氣鬱鬱猶衝斗時危可仗眞豪俊二人得置君側否太守頃者領山南邦人思之比父母王生早曾拜顏色高山之外皆培塿用爲羲和天爲成用平水

土地爲厚王也論道阻江湖李也丞疑曠前後死爲星辰終不滅致君堯舜焉肯朽吾輩碌碌飽飯行風后力牧長迴首

觀公孫大娘弟子舞劍器行 井序 劍器古武舞之曲名其舞用女妓雄粧空手而舞

大歷二年十月十九日夔府別駕元持 特一作 宅見臨潁李十二娘舞劍器壯其蔚跂問其所師 一本此下有荅字 曰余公孫大娘弟子也開元三載 一作五載時公年六歲公七齡思即壯六歲觀劍似無不可詩云五十年間似反掌自開元五年至是年凡五十一年草

長孫無忌以烏羊毛爲渾脫氈帽人多效之謂之趙公渾脫因演以爲舞

堂注云疑作十二載誤也余尚童稺記於郾城觀公孫氏舞劍器渾脫瀏灕頓挫獨出冠時自高頭宜春梨園二伎一作敎坊內人洎外供奉曉是舞者聖文神武皇帝初公孫一人而已玉貌錦一作綉衣况余白首今茲弟子亦匪盛顏既辨其由來知波瀾莫二撫事慷慨聊爲劍器行往者吳人張旭善草書書帖數常於鄴一作葉縣見公孫大娘舞西河劍器自此草書長進豪蕩感激卽公孫可知矣

詩亦極渾脫瀏灕頓挫之妙

自是佳篇然中少奇警處

昔有佳人公孫氏一舞劍器動四方觀者如山色沮喪天地爲之久低昂㸌（音酷）如羿射九日落矯如羣帝驂龍翔來（一作末）如雷霆收震怒罷如江海凝清光絳脣珠袖兩寂寞況（陳作脫 一作晚）有弟子傳芬芳臨潁美人在白帝妙舞此曲神揚揚與余問荅既有以感時撫事增惋傷先帝（一作皇）侍女八千人公孫劍器初第一五十年間似反掌風塵傾動（一作澒洞）昏王室梨園子弟散如烟女樂餘姿映寒日金粟堆南木已拱瞿唐石

健筆　大拓開　省得妙　忽然收

雖是大篇末則哀之

城草（一作暮）蕭瑟玳筵急管曲復終樂極哀來月東出

老夫不知其所往足繭荒山轉愁疾（一作寂）

往在

往在西京日（一作時）胡來滿彤（一作丹）宮中宵焚九廟雲

漢爲之紅解瓦飛十里繐帷紛（一作粉）曾空疢心惜木

主一一灰悲風合昏排鐵騎淸旭散錦𩦝（一作幪）賊臣

表逆節（一作帥）相賀以成功是時妃嬪戮連爲糞土叢

當宁陷玉座白間剝畫蟲不知二聖處私泣百歲翁

車駕既云還楹桷歘穹崇故老復涕泗祠官樹椅桐
宏壯不如初已見帝力雄前春禮郊廟祀事親聖躬
微軀忝近臣景從陪群公登階捧玉冊峩冕耿（一作聆）
金鍾侍祠恐先露（一作霑）掖垣邇濯龍天子惟孝孫五
雲起九重鏡奩換粉黛翠羽猶蔥蘢前者厭羯胡後
來遭犬戎俎豆腐（一作膻）肉罘罳行角弓安得自西
極申命空山東盡驅詣闕下士庶塞關中主將曉逆
順元元歸始終一朝自罪己（一云罪己已）萬里車書通鋒

煌煌大篇北征之亞

起手便似高李豈非化工

如此起而後不稱可惜

鏑供鋤犁征戍聽所從冗官各復業土著還力農君臣節儉足朝野歡呼（一作娛）同中興似（一作比）國初繼體如太宗端拱納諫諍和風日冲融赤墀櫻桃枝隱映銀絲籠千春薦陵寢永永垂無窮京都不再火涇渭開愁容歸號故松栢老去苦飄蓬

昔遊　亦佳篇也

昔者與高李（適白）晚（一作同）登單父臺寒蕪際碣石萬里風雲來桑柘葉如雨飛藿去（一作共）徘徊清霜大澤凍

禽獸有餘哀是時倉廩實洞達寰區一作瀛開猛士思滅胡將帥望三台君王無所惜駕馭英雄材幽燕盛用武供給亦勞哉吳門轉粟帛泛海陵蓬萊肉食三一作四十萬獵射起黃埃隔河憶長眺青歲已摧頹不及少年日無復故人盃賦詩獨流涕亂世想賢才有一作君能市駿骨莫恨少龍媒商山議得失蜀主脫嫌猜呂尚封國邑一云內國傅說已鹽梅景晏楚山深水鶴去低回寵公任本性攜子臥蒼苔

此下若斷若續亦不盡可解註語得之

鋪敘排比流麗
腸竭不必作奇
力量正不易到

豪宕奇偉無一
字一句不穩貼
此乃可見老杜
神力欲學者宜
於此處參究

壯遊

長篇中最爲跌蕩

往昔（一作者）十四五出遊（一作八）翰墨場斯文崔魏徒（崔鄭州尚魏豫州啟心）以我似（一作比）班揚七齡思即壯開口詠鳳凰九齡書大字有作成一囊性豪業嗜酒嫉惡懷剛腸脫略（一作落）小時輩結交皆老蒼飲酣視八極俗物都茫茫東下姑蘇臺已具浮海航到今有遺恨不得窮扶桑王謝風流遠闔廬邱墓荒劍池石壁仄長洲荷芰香嵯峨閶門北清廟映迴池（一作塘）每趨吳太伯

撫事淚浪浪枕戈憶勾踐渡淛想秦皇蒸魚聞七首
除道哂要章越女天下白鑑湖五月凉剡溪蘊秀異
欲罷不能忘歸帆拂天姥中歲貢舊鄉氣劘屈賈壘
目（一作日）短曹劉牆忤下考功第獨辭京尹堂放蕩齊
趙間裘馬頗清狂春歌叢臺上冬獵青丘旁呼鷹皁
（一作紫）櫪（晉作櫟）林逐獸雲雪岡射飛曾縱鞚引（一作跋）臂
落鶖鶬蘇侯據鞍喜（監門胄曹蘇預）忽如攜葛強快意八九
年西歸到咸陽許與必詞伯賞（一作貴）遊實賢王曳裾

置醴地奏賦入明光天子廢食召羣公會軒裳脫身無所愛一作受痛飲信行藏黑貂不一作常免敝斑鬢元稱觴杜曲晚一作換耆舊四郊多白楊坐深鄉黨敬日一作自覺死生忙朱門任一作務傾奪赤族迭羅殃國馬竭粟豆官雞輸稻粱舉隅見煩費引古惜興亡河朔風塵起岷山行幸長兩宮各警蹕萬里遙相望崆峒殺氣黑少海旌旗黃禹功亦命子涿鹿親戎行翠華擁英一作吳岳螭虎噉豺狼爪牙一不中胡兵更陸梁

大(一作天)軍載草草凋瘵滿膏肓備員竊補袞憂憤心飛揚上感九廟焚(一作毀)下惘萬民(一作蒼生)瘡斯時伏青蒲廷爭守御床君辱敢愛死赫怒幸無傷聖哲體仁恕宇縣復小康哭廟灰燼中鼻酸朝未央小臣議論絕老病客殊方鬱鬱苦不展羽翮困低昂秋風動哀壑碧蕙捐(一作損)微芳之推避賞從漁父濯滄浪榮華敵勳業歲暮有嚴霜吾觀鴟夷子才格出尋常羣凶逆未定側佇英俊翔

知己勝遊終身懷抱故屢形之篇什不厭其煩

遣懷

昔我遊宋中惟梁孝王都名今陳留亞劇則貝魏俱邑中九萬家高棟照通衢舟車半天下主客多歡娛白刃讐不義黃金傾有無殺人紅塵裏報荅在斯須憶與高李輩適白論交入酒壚兩公壯藻思得我色敷腴氣酣登吹一作文臺懷古視平蕪芒碭雲一去鴈鶩空相呼先帝正好武寰海未凋枯猛將收西域長戟破林胡百萬攻一城獻捷不云輸組練棄如泥尺土

負（勝一作）百夫拓境功未已元和辭大爐亂離朋友盡合沓歲月徂吾衰將焉託存沒再嗚呼蕭條益堪愧獨在天一隅（一云蕭條病益甚塊獨天一隅）乘黃已去矣凡馬徒區區不復見顏鮑繫舟臥荆巫臨飧吐更食常恐違撫孤

同元使君舂陵行（并序）

覽道州元使君結舂陵行兼賊退後示官吏作二首志之曰當天子分憂之地效漢官（舊作朝）良吏之

目今盜賊未息知民疾苦得結輩十數公落落然參錯天下爲邦伯萬物吐晉作姓壯氣天下少一作小安可得矣一作已不意復見比興體制微婉頓挫之詞感而有詩增諸卷軸簡知我者不必寄元晉作云遭亂髮盡一作遽白轉衰病相嬰一作縈沉綿盜賊際狼狽江漢行歎時藥力薄爲客羸瘵成吾人詩家秀一作流博采世上名槩槩元道州前聖畏後生觀乎舂陵作歟見俊哲情復覽賊退篇結也實國楨賈誼昔流

勵匡衡常引經道州憂（一作哀）黎庶詞氣浩縱橫兩章對秋月（一作水）一字偕（一作皆）華星致君唐虞際純樸憶（一作意）大庭何時降璽書用爾爲丹青獄訟永衰息豈唯偃甲兵悽惻念誅求薄斂近休明乃知正人意不苟飛長纓涼颸振南岳之子寵若驚色阻（晉作沮）金印大輿含滄浪（一作滇）清我多長卿病日夕思朝廷肺枯渴太甚漂泊公孫城呼兒具紙筆隱几臨軒楹作詩呻吟內墨淡字欹傾感彼危苦詞庶幾知者聽

舂陵行有序　　　元結

癸卯歲漫叟授道州刺史道州舊四萬餘戶經賊已來不滿四千大半不勝賦稅到官未五十日承諸使徵求符牒二百餘封皆曰失其限者罪至貶削於戲若悉應其命則州縣破亂刺史欲焉逃罪若不應命又卽獲罪戾必不免也吾將守官靜以安人待罪而已此州是舂陵故地故作舂陵行以達下情

次山二首村樸之中自有老氣此種詩亦不易學

軍國多所須切責在有司有司臨郡縣刑法竟（一作意）欲施供給豈不憂徵斂又可悲州小經亂亡遺人實困疲大鄉無十家大族命單羸朝飧是草根暮食乃樹皮出言氣欲絕意速行步遲追呼尚不忍況乃鞭朴之郵亭傳急符來往迹相追更無寬大恩但有迫促期欲令鬻兒女言發恐亂隨悉使索其家而又無生資聽彼道路言怨傷誰復知去冬山賊來殺奪幾無遺所願見王官撫養以惠慈奈何重驅逐不使存

活爲安人天子命符節吾所持州縣忽亂亡得罪復是誰適綏違詔令蒙責固所宜前賢重守分惡以禍福一作敗移亦云貴守官不愛一作憂能適時顧唯孱弱者正直當不虧何人採國風吾欲獻此辭

◯賊退示官吏有序　元結

癸卯歲西原賊入道州殺掠一云焚燒殺掠幾盡而去明年賊又攻永破邵不犯此州邊鄙而退豈力能制敵歟蓋蒙其傷憐而已諸使何爲忍苦徵斂故作詩

一篇以示官吏

昔歲逢太平山林二十年泉源在庭戶洞壑當門前井稅有常期日晏猶得眠忽然遭世變數歲親戎旃今來典斯郡山夷又紛然城小賊不屠人貧傷可憐是以陷鄰境此州獨見全使臣將王命豈不如賊焉今彼徵斂者迫之如火煎誰能絕人命以作時世賢思欲委符節引竿自刺船將家就魚菱（一作麥）窮（一作歸）老江湖邊

奇崛中有典則眞雅詩也

李潮八分小篆歌

蒼頡鳥跡既茫昧字體變化如浮雲陳倉石鼓又一作文已訛大小二篆生八分秦有李斯漢蔡邕中間作者寂不聞嶧山之碑野火焚棗木傳刻肥失眞苦縣光和尚骨立書一作畫貴瘦硬方通神惜哉李蔡不復一作可得吾甥李潮下筆親尚書韓擇木騎曹蔡有鄰開元已來數八分潮也奄有二子成三人況潮小篆逼秦相快劍長戟森相向八分一字直百一作千金蛟

題甚醜

龍盤拏肉屈強吳郡張顛誇草書草書非古空雄壯豈如吾甥不流宕丞相中郎丈人行巴東一作江逢李潮逾月求我歌我今衰老才力薄潮乎潮乎奈汝何

覽柏中允兼子姪數人除官制詞因述父子兄弟四美載歌絲綸 子美乃有此俗筆耶

紛然喪亂際見此忠孝門蜀中寇亦甚柏氏功彌存深誠補王室戮力自元昆三止錦江沸獨清玉壘昏 不成語 高名入竹帛新渥照乾坤子弟先卒伍芝蘭疊璵璠

同心注師律洒血在戎軒絲綸實具載紱冕已殊恩

奉公舉骨肉誅叛經寒溫一作暄金甲雪猶凍朱旗塵

不翻每聞戰場說欻激懦氣奔聖主國多盜賢臣官

則尊方當節鉞用必絕祲沴根吾病日廻首雲臺誰

再論作歌挹盛事推轂期孤騫

聽楊氏歌

佳人絕代歌獨立發皓齒滿堂慘不樂響下清虛裏

一作浮雲裏江城帶素月況乃清夜起老夫悲暮年壯士

怪怪奇奇非意所至

淚如水玉盃久寂寞金管迷宮徵勿云聽者疲愚智心盡死古來傑出士（一作事）豈待一知己吾聞昔秦青傾側天下耳

荊南兵馬使太常卿趙公大食刀歌

太常樓船聲嗷嘈問兵刮寇趨（陳作超）下牢（楚地）牧出令奔飛百艘猛蛟突獸紛騰逃白帝寒城駐錦袍元冬示我胡國刀壯士短衣頭虎毛憑軒拔鞘天爲高翻風轉日木（一作水）怒號冰翼雪淡傷哀猱鐫錯碧甖鸊

鵜膏鋩鍔（一作銛鋒）已瑩虛（一作靈）秋濤鬼物撇捩辭（陳作亂）坑壕蒼水使者捫赤條龍伯國人罷釣鼇芮公迴首顏色勞分闘救世用賢豪趙公玉立高歌起攬環結佩相終始萬歲持之護天子得君亂絲與君理蜀江如線針如水（一作針如水）荆岑彈丸心未已賊臣惡子休干紀魑魅魍魎徒爲耳妖腰亂領敢欣喜用之不高亦不庳不似長鋏須天倚吁嗟光祿英雄弭大食寶刀聊可比丹青宛轉麒麟裏光芒六合無泥滓

四語從呼鷹之地說起突兀奇怪

王兵馬使二角鷹

悲臺蕭颯（一作瑟）石龍㸚哀壑杈枒浩呼（一作汚）洶中有

洶字奇陷字尤警

萬里之長江廻風滔（陳作陷）日孤光動角鷹翻倒壯士

臂將軍玉帳軒翠（一云昂一云勇）氣二鷹猛腦徐侯穟（荆作絛徐墜趙云徐侯穟殊無理義介甫善本作絛徐墜于理或然）目如愁胡視天地杉雞

竹兎不自惜溪（一作豯）虎野羊俱辟易韝上鋒稜十二

翮將軍男銳與之敵將軍樹勳起安西崑崙虞泉八

馬蹄白羽曾肉三狻猊敢決豈不與之齊荆南芮公

得將軍亦如角鷹下翔（一作入湖）雲惡鳥飛飛啄金屋安得爾輩開其羣驅出六合梟鸞分

狄明府（博濟一作寄狄明府）

梁公曾孫我姨弟不見十年官濟濟大賢之後竟陵遲浩蕩古今同一體比看叔伯四十人有才無命百寮底今者兄弟一百人幾人卓絕秉周禮在汝更用文章爲長兄白眉復天啟汝門請從曾翁（一云公）說太后當朝多巧詆（一作計）狄公執政在末年濁河終（陳浩然本）

作中不汚清濟國嗣初將付諸武公獨廷諍守丹陛禁中決冊陳作冊決請一作詔房陵前一作滿朝長老皆流涕太宗社稷一朝正漢官威儀重昭洗時危始識不世才誰謂荼苦甘如薺汝曹又宜列土一作鼎食身使門戶多旌棨胡爲漂泊岷漢間干謁王侯頗歷抵一作詆況乃山高水有波秋風蕭蕭露泥泥虎之飢下巉嵒蛟之横出清泚早歸來黃土泥衣浩然本作黄汚人衣眼易眯

秋風二首

不但聲韻寂然意亦太索然

此首聲韻俱有之

作律詩讀格高老甚

趙云[目]云寫眼前景況究轉合著道不盡淒感之意

秋風淅淅吹巫山上牢下牢修水關吳檣楚柁牽百丈暖向神（一作成）都寒未還要路何日罷長戟戰自青羌連百（一作白蠻）蠻中巴不曾消息好暝傳戍鼓長雲間

秋風淅淅吹我衣東流之外西日微天清小城擣練急石古細路行人稀不知明月爲誰好早晚孤帆他（一作也）夜歸會將白髮倚庭樹故園池臺今是非

久雨期王將軍不至

天（一云山）雨蕭蕭滯（一云帶）茅屋空山無以慰幽獨銳頭

緒甚寂然通無著落

將軍來何遲令我心中苦不足數看黃霧亂元雲時聽嚴風折喬木泉源泠泠雜猿狖泥濘（一云滓）漠漠飢鴻鵠歲暮窮陰耿未已人生會面難再得憶爾腰下鐵絲箭射殺林中雪色鹿前者坐皮因問毛知子歷險人馬勞異獸如飛星宿落應弦不礙蒼山高安得突騎只五千崒然眉骨皆爾曹走平亂世相催促一豁明主正鬱陶憶（一云恨）昔范增碎玉斗未使吳兵着白袍昏昏閶闔閉氛祲十月荆南雷怒號

何味

奇句

無謂

不見其佳

別李秘書始興寺所居

不見秘書心若失及見秘書失心疾安爲動主理信然我獨覺子神充實（一作精神貫）重聞西方止觀經老身古寺風泠泠妻兒待我（一作來陳作米）且歸去他日杖藜來細聽

虎牙行

秋（一作花）風欻吸（晉作欻欻）吹南國天地慘慘無顏色洞庭揚波江漢廻虎牙銅柱皆傾側巫峽陰岑朔漠氣峰

亦是相合不甚趁初意

起有無限抑鬱亦似太白

信是紊亂但於次第無端由中見一種感慨

巒窈窕谿谷黑杜鵑不來猿狖寒一作啼山鬼幽憂雪霜逼楚老長嗟憶炎瘴三尺角弓兩斛力壁立石城橫塞起金錯旌竿滿雲直漁陽突騎獵青丘犬戎鏁甲聞丹極八荒十年防盜賊征戍誅求寡妻哭遠客中宵淚霑臆

錦樹行

舊評題曰錦樹使人刮目

今日苦短昨日休歲云暮矣增離憂霜凋碧樹待荆作行一云作錦樹萬壑東逝無停留荒戍之城石色古東郭

豈不欲為甚奇正自不奇耳

老人住青巨飛書白帝營斗粟琴瑟几杖柴門幽青荆作春草萋萋盡枯死天馬跛陳作與驥跛一作跛足隨氂牛自古聖賢多薄命姦雄惡少皆封侯一作封公侯故國三年一消息終南渭水寒悠悠五陵豪貴反顛倒鄉里小兒狐白裘生男墮地要膂力一生一作生女富貴傾邦國莫愁父母少黃金天下風塵兒亦得

赤霄行

似諺似謠

孔雀未知牛有角渴飲寒泉逢牴觸赤霄元圃須往

都讀不得

來翠尾金花不辭辱江中淘河嚇飛鷰銜泥却落羞華屋皇孫猶曾蓮勺困衞（一作鮑）莊見貶傷其足老翁愼莫怪少年葛亮貴和書有篇丈夫垂名動萬年記憶細故非高賢

前苦寒行二首

漢時長安雪一丈牛馬毛寒縮如蝟楚江巫峽冰入懷虎豹哀號又堪記秦城老翁荆揚客慣習炎蒸歲絺綌元冥祝融氣或交手持白羽未敢釋

短章往往挺勁蒼老無敵

夔州後詩眞是潦倒

去年白帝雪在山今年白帝雪在地凍埋蛟龍南浦縮寒刮（陳作割）肌膚北風利楚人四時皆麻衣楚天萬里（英華作頃）無晶輝三足之烏足（英華作骨）恐斷羲和送將何所歸（一作送送將安歸一作送之將安歸）

後苦寒行二首

南紀巫廬瘴不絕太古以來無尺雪蠻夷長老怨苦寒崑崙天關凍應（英華作欲）折元猿口噤不能嘯白鵠翅垂眼流（一作出）血安得春泥補地裂

晚一作曉來江門一作邊失大木猛風中夜吹英華作飛白屋天兵斬斷英華作斬斬青海戎殺氣南行動地軸不爾苦寒何太一作其酷巴東之峽生凌澌彼蒼回軒舊作軻刊作人得知

晚晴

高唐暮冬雪壯哉舊瘴無復似塵埃崖沈谷沒白皚不成語皚江石缺裂青楓摧南天三旬苦霧開赤日照耀從西來六龍寒急光徘徊照我衰顏忽落地口雖吟咏心中哀未怪及時少年子揚眉結義黃金臺洎陳作泊

自作一種庬曾俚質之態

乎吾生何飄零支離委絕同死灰

復陰

方冬合沓元陰塞昨日晚晴今日黑萬里飛蓬映天過孤城樹羽揚風直江濤簸（一作欺）岸黃沙走雲雪埋山蒼兕吼君不見夔子之國杜陵翁牙齒半落左耳聾

夜歸

夜來歸來衝虎過山黑家中已眠臥傍見北斗向江

低仰看明星當空大庭前把燭嗔（一作喚）兩炬峽口驚猿聞一箇白頭老罷舞復歌杖藜不睡誰能那

寄栢學士林居

自胡之反持干戈天下學士亦奔波（不成語）歎彼幽棲載典籍蕭然暴露依（一作向）山阿（便妙）青山萬里（一作重）靜散地白雨一洗空垂蘿（幾不可通）亂代飄零余（一作餘）到此古人成敗子如何（好）荆陽春冬異風土巫峽日夜多雲（一作風）雨赤葉楓林百舌鳴黃泥（一作花）野岸天雞舞盜賊縱橫甚密

逌形神寂寞甘辛苦幾時高議排金門各使蒼生有
環堵

寄從孫崇簡

嵯峨白帝城東西南有龍湫北虎溪吾孫騎曹不騎
（一作記）馬業學尸鄉多養雞龐公隱時盡室去武陵春
樹他人迷與汝林居未相失近身藥裹酒長攜牧豎
樵童亦無賴莫令斲斷青雲梯

奉酬薛十二丈判官見贈

文意錯亂不甚可了

及卓氏相如事眞是不可曉者

西樵曰忽入此一段不倫不理無端之甚

忽忽峽中睡悲風（一作秋）方一醒西來有好鳥爲我下靑冥羽毛淨（一作盡）白雪慘澹飛雲汀既蒙主人顧舉翮唳孤亭持以比佳士及此慰揚舲淸文動哀玉見道發新硎欲學鵾夷子待勤燕山銘誰重斷蛇劍（一云國重斬邪劍）致君君未聽志在麒麟閣無心雲母屏卓氏近新寡豪家朱門（一作戶）扃相如才調逸銀漢會雙星客來洗粉黛日暮拾流螢不是無膏火勸郎勤六經老夫自汲澗野水日泠泠我歎黑頭白君看銀印靑

上下語不相屬

無謂

不成句不

鮮所謂

豈成語

又曰如囈語

此段又不倫

臥病識山鬼爲農知地形誰矜坐錦帳苦厭食魚腥
東西兩岸坼（晉作岸兩坼）橫（一作積）水注滄溟碧色忽（一作若）
惆悵風雷搜百靈空中右（一作有）白虎赤節引娉婷自
云帝里（一作李）女噀雨鳳凰翎襄王薄行跡莫學冷如
丁（一作氷）千秋一拭淚夢覺有微馨人生相感動金石
兩青熒丈人但安坐休辨渭與涇龍蛇尚格鬭洒血
暗郊坰吾聞聰明主治（一作活）國用輕刑銷兵鑄農器
今古歲方寧文（一作天）王日儉德俊乂始盈庭榮華貴

奇奇正正信大
手筆

少壯豈食楚江萍

醉爲馬墜諸公攜酒相看

甫也諸侯老賓客罷酒酣歌拓金戟騎馬忽憶少年時散蹄迸落瞿塘石白帝城門水雲外低身直下八千尺粉堞電轉紫遊韁東得平岡出天壁江村野堂爭入眼垂鞭（一作肩）嚲鞚凌紫陌向來皓首驚萬人自倚紅顏能騎射安知決臆追風足朱汗駿驔猶噴玉不虞一蹶終損傷人生快意多所辱職當憂戚伏衾

殊不見用意處
語極覶縷氣苦
哀論子美晚年
有此類唐之筆

枕況乃遲暮加煩促明（一作朋）知來問腆我顏杖藜強起依僮僕語盡還成開口笑提攜別掃清溪曲酒肉如山又一時初筵哀絲動豪竹共指西日不相貸喧呼且覆盃中淥何必走馬來爲問（一作爲身）君不見嵇康養生遭（一作被）殺戮

（入入用者如此須）（不同）（絕妙）

別李義

神堯十八子十七王其門道國洎（一作及）舒國督（一作實）唯親弟昆中外貴賤殊余亦忝諸孫丈人嗣三葉（一作

王業之子白玉温道國繼德業請從丈人論丈人領宗
卿肅穆古制敦先朝納諫諍直氣横乾坤子建文筆
壯河間經術存爾克富詩禮骨清慮不喧洗然遇知
已談論淮湖奔憶昔初見時小襦一作孺繡芳蓀長成
忽會面慰我久疾魂三峽春冬交江山雲霧昏正宜
且聚集恨此當離樽莫怪執盃遲我衰涕唾煩重問
子何之西上岷江源願子少干謁蜀都足戎軒誤失
將帥意不如親故恩少年早歸來梅花已飛翻努力

一字無謂

愼風水豈惟數盤飧猛虎卧在岸蛟螭出無痕王子
自愛惜老夫困石根生別古所嗟發聲爲爾吞

送高司直尋封閬州

丹雀銜書來暮棲何鄉樹驊騮事天子辛苦在道路
司直非冗官荒山甚無趣借問泛舟人胡爲入雲霧
與子姻婭間既親亦有故萬里長江邊邂逅一相遇
長卿消渴再公幹沈綿屢淸談慰老夫開卷得佳句
時見文章士欣然淡一作談情素伏枕聞別離疇能忍

短篇敘語悲壯特雄

漂寓艮會苦短促溪行水奔注熊羆咆空林游子愼馳騖西謁巴中侯艱險如跬步主人不世才先帝常特顧拔爲天軍佐崇大王法度淮海生清風南翁尚思慕公宮造廣厦木石乃無數初聞伐松柏猶卧天一柱我瘦（一作病）書不成成字讀（一作字）亦誤爲我問故人勞心練征戍

君不見簡蘇徯

君不見道邊廢棄池君不見前者摧折桐百年死樹

近日湘潭王山長有琴詩云一斛舊秋水欲盜一本此

中琴瑟一斛舊水藏蛟龍丈夫蓋棺事始定君今幸未成老翁何恨憔悴在山中深山窮谷不可處霹靂魍魎兼一作并狂風

老杜好用所字用不當者頗多

贈蘇四徯

如話

異縣昔同遊各云厭轉蓬別離已五年尚在行李中戎馬日衰息乘輿安九重有才何棲棲將老委所窮爲郎未爲賤其奈疾病攻子何面黧黑不得豁心胸巴蜀倦剽掠一作劫下愚成土風幽薊已削平荒徼尚

彎弓斯人脫身來豈非吾道東乾坤雖寬大所適裝
囊空肉食哂菜色少壯欺老翁況乃主客間古來偏
側同君今下荆揚獨帆如飛鴻二州豪俠場人馬皆
自雄一請甘饑寒再請甘養蒙

寄薛三郎中 據

人生無賢愚飄飄若埃塵自非得神仙誰免危其身
與子俱白頭役役常苦辛雖爲尙書郎不及村野人
憶昔村野人其樂難具陳藹藹桑麻交公侯爲等倫

天未厭戎馬我輩本常貧子尙客荆州我亦滯江濱峽中一臥病瘧癘終冬春春復加肺氣此病蓋有因早歲與蘇鄭痛飲情相親二公化爲土嗜酒不失眞余今委修短豈得恨命屯聞子心甚壯所過信席珍（老入屈強如見）上馬不用扶每一作忽扶必怒嗔賦詩賓客間揮洒動八垠乃知蓋代手才力老益神靑草洞庭湖東浮滄海濱君山可避暑況足采白蘋子豈無扁舟往復江漢津我未下瞿塘空念禹功勤聽說松門峽吐藥攬

衣巾高秋却束帶鼓枻視青身鳳池日澄碧濟濟多士新余病不能起健者勿逡巡上有明哲君下有行化臣

大覺高僧蘭若和尚去冬往湖南

巫山不見廬山遠松林一作間蘭若秋風晚一老猶鳴不成語日暮鐘諸僧尙乞齋時飯香爐峯色隱晴湖種杏仙家近白榆飛錫去年啼邑子獻花何日許門徒

杜工部集卷七終

杜工部集卷八目錄

古詩四十五首

杜工部集卷八

古詩四十五首居松陵公安及至湖南作

宿靑溪驛奉懷張員外十五兄之緒

漾舟千山内日入泊枉渚我生本飄飄今復在何許石根靑楓林猿鳥聚儔侶月明游子靜畏虎不得語中夜懷友朋乾坤此深阻浩蕩前後間佳期付荆楚

敬寄族弟唐十八使君

與君陶唐後盛族多其人聖賢冠史籍支派羅源津

眼前景語自然入妙

唐杜先系同所
自出可徑稱族
弟今亦通

在今氣磊落巧僞莫敢親介立實吾弟濟時肯殺身
物白諱受玷行高無汚眞得罪永泰末放之五溪濱
鸞鳳有鎩翮先儒曾抱麟雷霆霹長松骨大却生筋
一失不足傷念子孰自珍泊舟楚宮岸戀闕浩酸辛
除名配淸江厥土巫峽鄰登陸將首途筆札枉所申
歸朝跼病肺叙舊思重陳春風洪濤壯谷轉頗彌旬
我能泛中流搪突鼉獺瞋長年已省柂慰此貞良臣

憶昔行

憶昔北尋小有洞洪河怒濤過輕舸辛勤不見華蓋

君艮岑青輝慘幺麼千崖無人萬壑靜三步回頭五

步坐秋山眼冷魂未歸仙賞心違淚交墮弟子誰依

白茅一作石室廬老獨啓青銅鎖巾拂香餘搗藥塵階

一作前除灰死燒丹火元圃滄洲莽空闊金節羽衣飄

不必看註亦是奇語

婀娜落日初霞閃餘映倏忽東西無不可松風澗水

聲合時青兕黃熊啼向我徒然咨嗟撫遺迹至今夢

想仍猶佐一作左音如佐祕訣隱文須內教晚歲何功使一作

奇警沉鬱

收願果更討(覓一作)衡陽董鍊師南浮(游一作)早鼓瀟湘柂

魏將軍歌

將軍昔著從事衫鐵馬馳突重兩銜被堅執銳畧西極崑崙月窟東嶄巖君門羽林萬猛士惡若哮虎子所監五年起家列霜戟一日過海收風帆平生流輩徒蠢蠢長安少年氣欲盡魏侯骨聳精爽緊華嶽峯尖見秋隼星纏寶校金盤陁夜騎天駟超天河欃槍

熒惑不敢動翠蕤雲旓相蕩摩吾爲子起歌都護酒闌插劍肝膽露鈎陳蒼蒼風元武一云元武暮萬歲千秋奉明主臨江節士安足數

北風

北風破南極朱鳳日威一作低垂洞庭秋欲雪鴻雁將安歸十年殺氣盛六合人烟稀吾慕漢初老時清猶茹芝律詩之近古者仍當作律讀乃高

客從

客從南溟來遺我泉客珠珠中有隱字欲辨不成書緘之篋笥久以俟公家須開視化爲血哀今徵斂無

白馬

白馬東北來空鞍貫雙箭可憐馬上郎意氣今誰見近時主將戮中夜商傷一作於戰喪亂死多門嗚呼淚如霰

白鳧行

君不見黃鵠高于五尺童化爲白鳧似象一作老翁故

意謂老翁似白鳧而朴[illegible]須[illegible]

不成詩

畦遺穗已蕩盡天寒歲日一作暮波濤中鱗介腥羶素

不食終日忍飢西復東魯門鶢鶋亦蹭蹬聞道如樊如

成語

于今猶避風

朱鳳行

君不見瀟湘之山衡山高山巔卞圜本作巖朱鳳聲一作鳴

嗷嗷側身長顧求其羣一作曹翅垂口噤心甚勞一作勞勞

下愍百鳥在羅網黃雀最小猶難逃願分竹實及螻

蟻盡使鴟梟相怒號　自星比興之遺不必有所指

○惜別行送向卿進奉端午御衣之上都

肅宗昔在靈武城指揮猛將收咸京向公一云向公亦衛伯玉蓋芮字傳寫之悞泣血洒行殿佐佑卿相乾坤平逆胡冥寞隨烟燼卿家兄弟功名震麒麟圖一作閣畫鴻雁行紫極出入黃金印尙書勳業超千古雄鎭荊州繼吾祖裁縫雲霧成御衣拜跪題封向吳本作賀端午向卿將命寸心赤青山落日江湖白卿到朝廷說老翁漂零已是滄浪客

陡健

無可喜處

劉云面前人並而不見唐突可人

醉歌行贈公安顔少府請顧八題壁英華作贈公安縣顔

神仙中人不易得顔氏之子才孤標天馬長鳴待駕馭秋鷹整翮當雲霄君不見東吳顧文學君不見西漢杜陵老詩家筆勢君不嫌詞翰升堂爲君掃是日霜風凍七澤烏蠻落照銜赤壁酒酣耳熱忘頭白感君意氣無所惜一爲歌行歌主客一本云醉歌行歌主客英華

都不成詩

不見唐突

無謂

夜聞觱篥

劉云君知干戈如此則不復恨行路矣又云黃感唱然

夜聞觱篥滄江上衰年側耳情所嚮（不成語）鄰舟一聽多感傷塞曲三更欻悲壯積雪飛霜此夜寒孤燈急管復風（一作奔）湍君知天地（一作下）干戈滿不見江湖（一作湘）行路難

發劉郎浦

挂帆早發劉郎浦疾風颯颯昏亭午舟中無日不沙塵岸上空村盡豺虎十日北風風未迴客行歲晚晚（一作尤）相催白頭厭伴漁人宿黃帽青鞋歸去來

別董頲

窮冬急風水，逆浪開帆難。士子甘旨闕，不知道里寒。有求彼樂土，南適小長安。到（刋作別）我舟楫去，覺君衣裳單。素聞趙公節，兼盡賓主歡。已結門廬（一作閭）望，無令霜雪殘。老夫纜亦解，脫粟朝未餐。飄蕩兵甲際，幾時懷抱寬。漢陽頗寧靜，峴首試考槃。當念著白帽（一作褐），采薇青雲端。

○送重表姪王砅評事使南海（砅力制切，說文引詩深則砅）

一篇史記此等筆力眞扛鼎手

我之曾祖吳作老姑爾之高祖母爾祖未顯時歸爲尚書婦王珪也隋朝大業末房杜俱交友長者來在門荒年自餬口家貧無供給客位但箕箒俄頃羞頗珍一作頗羞珍寂寥人散後入怪鬟髮空吁嗟爲之久自陳剪髻鬟鬻市充盃一作沽酒上云天下亂宜與英俊厚向竊窺數公經綸亦俱有次問最少年虬鬚十八九子等成大名皆因此人手下云風雲合龍虎一吟吼願展丈夫雄得辭兒女醜秦王時在坐眞氣驚戶牖及

左右字錯綜好

平貞觀初尙書踐台斗夫人常肩輿上殿稱萬壽六
宮師柔順法則化妃后至尊均嫂叔盛事垂不朽鳳
雛無凡毛五色非爾曹往者胡作逆乾坤沸嗷嗷吾
客左馮翊爾家同遁逃爭奪至徒步塊獨委蓬蒿逗
留熱爾腸十里却呼號自下所騎馬右持腰間刀左
牽紫遊韁飛走使我高苟活到今日寸心銘佩牢亂
離又聚散宿昔恨滔滔水花笑白首春草隨青袍廷
評近要津節制收英髦北驅漢陽傳南泛上瀧舠家

末欠徵前半意

聲肯墜地利器當秋毫番禺親賢領籌運神功操大夫出盧宋（宗樊作）寶貝休脂膏洞主降接武海胡船千艘我欲就丹砂跋涉覺身勞安能陷糞土有志乘鯨鼇或驂鸞騰天聊（不樊作）作鶴鳴皐

詠懷二首

人生貴是男丈夫重天機未達善一身得志行所爲嗟余竟轗軻將老逢艱危胡雛逼神器逆節同所歸河雒化爲血公侯（卿一作侯）草間啼西京復陷沒翠蓋蒙

塵飛萬姓悲赤子兩宮棄紫微倏忽向一紀奸雄多
是非本朝再樹立未及貞觀時日給在軍儲上官督
有司高賢迫形勢豈暇相扶持疲苶苟懷策棲屑無
所施先王實罪己愁痛正為玆歲月不我與蹉跎病
于斯夜看酆城氣回首蛟龍池齒髮已自料意深陳
苦吳本作昔詞
邦危壞法則聖遠益愁慕飄颻桂水遊悵望蒼梧暮
潛魚不銜鉤走鹿無反顧皦皦幽曠心拳拳異平素

衣食相拘閡朋知限流寓風濤上春沙千（一作十）里侵（刊作浸）江樹逆行少（陳作值）吉日時節空復度井竈任塵
埃舟航煩數具牽纏加老病瑣細隘俗務萬古一死
生胡爲足名數多憂汗桃源拙計泥銅柱未辭炎瘴
毒擺落跋涉懼虎狼窺中原焉得所歷仕葛洪及許
靖避世常此路賢愚誠等差自愛各馳騖羸瘠且如
何魄奪針灸屢擁滯僮僕慵稽留篙師怒終當挂帆
席天意難告訴南爲祝融客勉強親杖屨結託老人

星羅浮展哀步

送顧八分文學適洪吉州

中郎石經後八分蓋憔悴顧侯運鑪錘筆力破餘地昔在開元中韓(擇木)蔡(有鄰)同贔屭元宗妙其書是以數子至御札早流傳揄揚非造次三人並入直恩澤各不二顧于韓蔡內辨眼工小字分曰示(英華作儀)諸王鈞深法更秘文學與我遊蕭疎外聲利追隨二十載浩蕩長安醉高歌卿相宅文翰飛省寺視我揚馬間白

此子美暮年思爲嶺南之行也

首不相棄驊騮入窮巷必脫黃金轡一論朋友難遲
暮敢失墜古來事反覆相見橫涕泗嚮者玉珂人誰
是青雲器才盡傷形體一作骸病渴汙官位故舊獨依
然時危話顛躓我甘多病老子負憂世志胡爲困衣
食顏色少稱遂遠作辛苦行順從衆多意舟檝無根
蔕蛟鼉好爲祟况兼水賊繁特戒風飆駛崩騰戎馬
際一作險往往殺長吏子干東諸侯勸一作勤勉防縱恣
邦以民爲本魚饑費香餌請哀瘡痍深告訴皇華使

使臣精所擇進德知歷試惻隱誅求情固應賢愚異列一作烈士惡苟得俊傑思自致贈子猛虎行出郊載酸鼻

上水遣懷

我衰太平時身病戎馬後蹭蹬多拙爲安得不皓首驅馳四海內童稚日餬口但遇新少年少逢舊親友低顏下色地故人知善誘後生血氣豪舉動見老醜窮迫挫曩懷常如中風走一紀出西蜀于今向南斗

西樵曰鄭繼之謂此等爲杜公滯處其言良是

此老杜逼滯處篇篇有之

孤舟亂春華（一作草）暮齒依蕭柳冥冥九疑葬聖者骨亦已（一作）朽蹉跎陶唐人鞭撻日月久中間屈賈輩讒毀竟自取鬱沒（樊作悒）二悲魂蕭條猶在否崷崒清湘石逆行雜林藪篙工密逞巧氣若酣杯酒歌謳互激遠（樊作越）同幹明受（樊作相）授善（一作益）知應觸類各藉頫脫手古來經濟才何事獨罕有蒼蒼衆色晚熊挂元虵吼黃羆在樹顛正爲群虎守羸骸將何適履險顏益厚庶與達者論吞聲混瑕垢

五字已足不必本四句

遣遇

磬折辭主人開帆駕洪濤春水滿南國朱崖雲日高舟子廢寢食飄風爭所操我行匪利涉謝爾從者勞石間采蕨女鬻菜一作市輸官曹丈夫死百役暮返空村號聞見事略同刻剝及錐刀貴人豈不仁視汝如莠蒿索錢多門戶喪亂紛嗷嗷奈何黠吏徒漁奪成逋逃自喜遂生理花時甘刋作貴縕袍

解憂

常用而未佳

減米散同舟路難思共濟（如此却又好）向來雲濤盤衆力亦不細
呵坑（一作帆 一作吭）瞥眼過飛櫓本無蒂得失瞬息間致遠
宜恐泥百慮視安危分明曩賢計茲理庶可廣拳拳
期勿替

妙語不嫌其直

宿鑿石浦

早宿賓從勞仲春江山麗飄風過無時舟楫敢不（一作不敢）
繫回塘澹暮色日暮衆星嘒缺月殊未生青燈死
分翳窮途多俊異亂世少恩惠鄙夫亦放蕩草草頻

卒（樊作年）歲斯文憂患餘聖哲垂彖繫

早行

歌哭俱在曉行邁有期程孤舟似昨日聞見同一聲飛鳥數散（一作求食）潛魚亦（一作向）獨驚前王作網罟設法害生成碧藻非不茂高帆終日征干戈未（一作異）揖讓崩迫開（樊作闕）其情

過津口

南岳自茲近湘流東逝深和風引桂楫春日漲雲岑

高帆句竟接不倫

此句語勢未亮

亦是警語

似初唐律句

無可喜者

◎

回首過津口而多楓樹林白魚困密網黃鳥喧嘉音
物微限通塞惻隱仁者心甕餘不盡酒膝有無聲琴
聖賢兩寂寞眇眇獨開襟

次空靈岸

沄沄逆素浪落落展清眺幸有舟檝遲得盡所歷妙
空靈霞石峻楓栝（一作枯）隱奔峭青春猶無（一作有）私白
日亦（一作已）偏照可使營吾居（一作屋）終焉託長嘯毒瘴
未足憂兵戈滿邊徼嚮者留遺恨恥爲達人誚迴帆

覬賞延佳處領其要 舟行佳境如寫得出

宿花石戍

午辭空靈岑夕得花石戍岸疏開闢水一作山木雜今古樹地蒸南風盛春熱西日暮四序本平分氣候何迴互茫茫天造間理亂豈恒數繫舟盤藤輪策杖古樵路罷人不在村野圃泉自注柴扉雖蕪没農器尚牢固山東殘逆氣吳楚守王度誰能扣君門下令減征賦

直字尤妙非杜公不能爲此語

干請傷直性五字情苦而古

同悲

早發

有求常百慮斯文亦吾病以茲朋故多窮老驅馳併早行篙師怠席挂風不正昔人戒垂堂今則奚奔命濤翻黑蛟躍日出黃霧映煩促瘴豈侵頹倚睡未一作還醒僕夫問盥櫛暮顏一作未靦青鏡隨意簪葛巾仰慙林花盛側聞夜來寇幸喜囊中淨艱危作遠客干請傷直性薇蕨餓首陽粟馬資歷聘賤子欲適從疑悮此二柄

氣勢壯闊稱題

次晚洲

參錯雲石稠坡陁風濤壯晚洲適知名秀色固異狀棹經垂猿把身在度鳥上擺浪散帙妨危沙折花當羇離暫愉悅羸老反惆悵中原未解兵吾得終疎放

望嶽

南嶽配朱鳥秩禮自百王欻吸領地靈鴻（一作澒）洞半炎方邦家用祀典在德非馨香巡守何寂寥有虞今則亡泊（一作汩）吾隘世網行邁越瀟湘渴日絶壁出漾

舟清光旁祝融五一作三峯尊峯峯次低昂紫蓋獨不
朝爭長業相望恭聞魏夫人羣仙來翱翔有時五峯
氣散風如飛霜牽迫限一作恨修途未暇杖崇岡歸來
覬命駕沐浴休玉堂三歎問府主曷以贊我皇牲璧
忍一作感衰俗神其思降祥

湘江宴餞裴二端公赴道州

白日照舟師朱旗散廣川羣公餞南伯肅肅秩初筵
鄙人奉末眷佩服自早年義均骨肉地懷抱罄所宣

盛名富事業無取愧高賢不以喪亂嬰保愛金石堅
計拙百寮下氣蘇君子前會合苦不久哀樂本相纏
交遊颯向盡宿昔浩茫然促觴激百慮掩抑淚潺湲
熱雲集曛黑一作初集黑缺月未生天白團爲我破華燭
蟠長烟鵶鶻一作鶻鷃一作鴰鶬催明星解袂從此旋上請減
兵甲下請安井田永念病渴老附書遠山巔

清明

著處繁花務陳作華務是一作足日長沙千人萬人出渡頭

◎

翠柳艷明眉爭道朱蹄驕齧鄰此都好遊湘西寺諸將亦一作遠一作方自軍中至馬援征行在眼前葛強山簡愛將也（無故）親近同心事金鐙廣韻鐙與燈同下山紅粉一作日晚牙檣梜𣗋青樓遠古時喪亂皆可知人世悲歡暫相遣弟姪雖存不得書干戈未息苦離一作難居逢迎少壯非吾道況乃今朝更祓除

○風雨看舟前落花戲爲新句

江上人家桃樹枝春寒細雨出疏籬影遭碧水潛勾

亦不是詩

俳比艷麗子美七古此又為變調蓋示叔子贈之濫觴也

晚唐小杜之句

温李之徒

引風妬紅花却倒吹吹花囷癲一作嬾傍舟檝水光風力俱相怯赤憎輕薄遮入一作人懷珍重分明不來接一作折溼久飛遲半日一作欲高縈沙野草細於毛蜜蜂蝴蝶生情性一作作偷眼蜻蜓避百勞

岳麓山道林二寺行

玉泉之南麓山殊道林林壑爭盤紆寺門高開洞庭野殿脚插入赤沙湖五月寒風冷佛一作沸骨六時天樂朝香爐地靈步步雪山草僧寶人人滄海珠塔劫

宫牆壯麗敵香一作石厨松道淸涼樊作崇俱蓮花樊陳俱作
池交響共命鳥金榜雙廻三足烏方丈涉海費時節
元圃尋河知有無暮年且喜經行近春日兼蒙暄暖
扶飄然斑白身一作將奚適傍此烟霞茅可誅桃源人
家易制度橘洲田土仍膏腴潭府邑中甚淳古太守
庭內不喧呼昔遭衰世皆晦迹今幸樂國養微軀依
止老宿亦未晚富貴功名焉足圖久爲野一作謝客尋
幽慣細學何當作剮冎免與孤一重一掩山也吾肺腑山

五字中二東二庚韻亦語病

一作仙烏山花吾友于宋公之問也放逐曾題壁物色分留與一作待老夫

奉送魏六丈佑少府之交廣

賢豪贊經綸功成空名一作名空垂子孫不振耀一云子孫沒不振歷代皆有之鄭公四葉孫長大常苦飢眾中見毛骨猶是麒麟兒磊落貞觀事致君樸直詞家聲蓋六合行色何其微遇我蒼梧陰一作野忽驚會面稀議論有餘地公侯來未遲虛思黃金貴一作遺自笑青雲期

長卿久病渴武帝元同時季子黑貂敝得無妻嫂欺
尚爲諸侯客獨屈州縣卑南游登海甸浩蕩從此辭
窮途仗神道世亂輕土宜解帆歲云暮可與春風歸
出入朱門家華屋刻蛟螭玉食亞王者樂張游子悲
侍婢艷傾城綃綺輕一作烟霧霏掌中琥珀鍾行酒雙
逶迤新歡繼明燭梁棟星辰飛兩情顧盼合珠碧贈
于斯上貴見肝膽下貴不相一作見疑心事披寫間氣
酣達一作遠所爲錯揮鐵如意莫避珊瑚枝始兼一作無

西樵曰視送王砅詩悲甚矣

序及外祖亦太崎嶇

逸邁與終愼賓主儀戎馬閭天宇嗚呼生別離

別張十三建封

嘗讀唐實錄國家草昧初劉裴建首義龍見尙躊躕
秦王撥亂姿一劍總兵符汾晉爲豐沛暴隋竟滌除
宗臣則廟食後祀何疎蕪彭城英雄種宜膺將相圖
爾惟外曾孫倜儻汗血駒眼中萬少年用意盡崎嶇
相逢長沙亭乍問緒業餘乃吾故人子童丱聯居諸
揮手洒衰淚仰看八尺軀內外名家流風神蕩江湖

宋人多摹此種

范雲堪晚（晉作結）友嵇紹自不孤擇材征南幕湖（一作潮）落同鯨魚載感賈生慟復聞樂毅書主憂急盜賊師老荒京都舊丘豈稅駕大廈傾宜扶君臣各有分管葛本時須雖當霰雪嚴未覺栝柏枯高義在雲臺嘶鳴望天衢羽人掃碧海功業竟何如

暮秋枉裴道州手札率爾遣興寄近呈蘇渙侍御

久客多枉友朋書素書一月凡一束虛名但蒙寒溫

問泛愛不救溝壑辱齒落未是無心人舌存恥作窮
途哭道州手札適復至紙長要自三過讀盈把那須
滄海珠入懷本倚崑山玉擲棄潭州百斛酒蕪沒瀟
岸千株菊使我晝立煩兒孫令我夜坐費燈燭憶子
初尉永嘉去紅顏白面花映肉軍符侯印取豈遲紫
燕綠耳行甚速聖朝尚飛戰鬭塵濟世宜引英俊人
黎元愁痛會蘇息夷狄跋扈徒逡巡授鉞築壇聞意
旨頺綱漏網期彌綸郭欽上書見大計劉毅答詔驚

羣臣他日更僕語不淺明公論兵氣益振傾壺簫管黑一作理荆作動白髮儛斂霜雪吹青春宴筵曾語蘇季子後來傑出雲孫比茅齋宅王城郭門藥物楚老漁商市市北肩輿每聯袂郭南抱甕亦隱几無數將軍西第成早作丞相東山起鳥雀苦肥秋粟菽蛟龍欲蟄寒沙水天下鼓角何時休陣前部曲終日死附書與裴因示蘇此生已媿須人扶致君堯舜付公等早據要路思捐軀

奉贈李八丈判官 曛

我丈時英特宗枝神堯後珊瑚市則無騕褭人得有早年見標格秀氣衝星斗事業富清機官曹正獨守頃來樹嘉政皆已傳衆口艱難體貴安冗長吾敢取區區猶歷試炯炯更持久討論實解頤操割紛應手篋書積諷諫宮闕限奔走八幕未展材一作懷秉鈞孰爲偶所親問淹泊泛愛惜衰朽垂白亂一作辭南翁委身希北叟眞成窮轍鮒或似喪家狗秋枯洞庭石風

喜其氣老只在參錯中

不是詩

颯長沙柳高與激荆衡知音爲廻首

歲晏行

歲云暮矣多北風瀟湘洞庭白雪（一作雲）中漁父天寒網罟凍莫徭射雁鳴桑弓去年米貴闕軍食今年米賤大傷農高馬達官厭酒肉此輩杼軸茅茨空楚人重魚不重鳥（一作肉）汝休枉殺南飛鴻況聞處處鬻男女割慈忍愛還租庸往日用錢捉私鑄今許（一作來）鉛錫和青銅刻泥爲之最易得好惡不合長相蒙萬國

城頭吹畫角此曲哀怨何時終

人日寄杜二拾遺　　高適

人日題詩寄草堂遥憐故人思故鄉柳條弄色不忍見梅花滿枝空（樊作堪）斷腸身在南（一作遠）蕃無所預心懷百憂復千慮今年人日空相憶明年人（一作此）日知何處一臥東山二（一作三）十春豈知書劒（一作老）與風塵龍鍾還（一作遠）忝二千石媿爾東西南北人

追酬故高蜀州人日見寄（并序）

開文書帙中檢所遺忘因得故高常侍適往居在成都時高任蜀州刺史人日相憶見寄詩淚灑行間讀終篇末自枉詩已十餘年莫記存沒又六七年矣老病懷舊生意可知今海內忘形故人獨漢中王（樊作郡王）瑀與昭州敬使君超先在愛而不見情見乎辭大歷五年正月二十一日却追酬高公此作因寄王及敬弟

自蒙（一作枉）蜀州人日作不意清詩久零落今晨散帙

眼忽開一作明迸淚幽吟事如昨嗚呼壯士多慷慨合沓高名動寥廓歎我悽悽求友篇感時鬱鬱匡君略錦里春光空爛熳瑤墀侍臣已冥寞瀟湘水國傍黿鼉鄠杜秋天失鵰鶚東西南北更誰吳作堪論白首扁舟病獨存遙一作猶拱北辰纏寇盜欲傾東海洗乾坤邊塞西蕃最充斥衣冠南渡多崩奔鼓瑟至今悲帝子曳裾何處覓王門文章曹植波瀾闊服食劉安德業尊長笛誰能一作鄰家亂愁思昭州詞翰與招魂

小序佳

蘇大侍御訪江浦賦八韻紀異 并序

蘇大侍御渙靜者也旅于江側凡乃一作是不交州府之客人事都絶久矣肩輿江浦忽訪老夫舟檝而已茶酒內余請誦近詩肯吟數首才力素壯詞句動人接對明日憶其湧思雷出書篋几杖之外殷殷留金石聲賦八韻記異亦見老夫傾倒于蘇至矣

龐公不浪出蘇氏今有之再聞誦新作突過黃初詩

便可作修學記

乾坤幾一云泊反覆揚馬宜同時今晨清鏡中勝食齋房芝余髮喜却變白間生一作添黑絲昀一作禾夜舟火滅一作接湘娥簾外悲百靈未敢刊作永夜散風破一作波寒江遲

題衡山縣文宣王廟新學堂呈陸宰

旄頭彗紫微無復俎豆事金甲相排蕩青衿一憔悴嗚呼已十年儒服弊于地征夫不遑息學者淪素志我行洞庭野欻得文翁肆侁侁胄子行若舞風雩至

周室宜中興孔門未應棄是以資雅才渙然立新意
衡山雖小邑首唱恢大義因見縣尹心根源舊宮閟
講堂非曩構大屋加塗塈下可容百人牆隅亦深邃
何必三千徒始壓戎馬氣林木在庭戶密幹疊蒼翠
有井朱夏時轆轤凍階戺耳聞讀書聲殺伐災髣髴
故國延歸望衰顏減愁思南紀改（陳作收）波瀾西河共
風味采詩倦跋涉載筆尚可記（一云常記異）高歌激宇宙
凡百慎失墜

不佳

入衡州與舟中苦熱皆絶藏玠之亂也然詩實不佳沈滯拙澀不無頹暮之嘆

○入衡州

兵革自久遠興衰看帝王漢儀甚照耀胡馬何猖狂老將一失律清邊生戰場君臣忍瑕垢河岳空金湯重鎮如割據輕權絶紀綱軍州體不一寬猛性所將嗟彼苦節士素于圓鑿方寡妻從爲郡兀者安堵牆凋弊惜邦本哀矜存事常旌麾非其任府庫實過防恕刑作怒已獨在此多憂增內傷偏裨限酒肉卒伍單衣裳元惡迷是似聚謀一作諜洩康莊竟流帳下血大

降湖南殃烈火發中夜高煙焦上蒼至今分粟帛殺
氣吹沅湘福善理顛倒明徵天莽茫銷魂避飛鏑累
足穿豺狼隱忍枳棘刺遷延胝趼瘡遠歸兒侍側猶
乳女在旁久客幸脫免暮年慙激昂蕭條向水陸汨
没隨魚商報主身已老入朝病見妨悠悠委薄俗鬱
鬱回剛腸參錯走洲渚春容轉林篁片帆左郴岸通
郭前衡陽華表雲鳥埤名園花草香旗亭壯邑屋烽
櫓蟠城隍中有古刺史盛才冠巖廊扶顛待柱石獨

坐飛風霜昨者閒瓊樹高談隨羽觴無論再繾綣已
是安蒼黃劇孟七國畏馬卿四賦良門闌蘇生在蘇生
侍御渙勇銳白起強問罪富形勢凱歌懸否臧氣埃期
必掃蚊蚋焉能當橘一作繘井舊地宅仙山引舟航此
行厭暑雨厥土聞淸涼諸舅剖符近開緘書札光頻
繁命屢及磊落字百行江揔外家養謝安乘輿長下
流匪珠玉擇木羞鸞凰我師嵇叔夜世賢張子房彼掾
張勸柴荊寄樂土鵬路觀翺翔

○舟中苦熱遣懷奉呈楊中丞通簡臺省諸公

媿爲湖外客看此戎馬亂中夜混黎甿脫身亦奔竄遇臧玠之亂入衡州平生方寸心反掌一作當帳下難嗚呼殺賢良不叱白刃散吾非丈夫特沒齒埋冰炭恥以風病辭胡然泊湘岸入舟雖苦熱垢膩可溉灌痛彼道邊人形骸改昏旦中丞連帥職封內權得按身當問罪先縣實諸侯半士卒旣輯睦啓行促精悍似聞上游兵稍逼長沙館鄰好彼克修天機自明斷南圖卷雲

水北拱戴霄漢美名光史臣長策何壯觀驅馳數公
子咸願同伐叛聲節哀有餘夫何激衰懦偏裨表三
上鹵莽同一貫始謀誰其間迴首增憤惋宗英李端
公守職甚昭煥變通迫脅地謀畫焉得筭王室不肯
微凶徒畧無憚此流須卒斬神器資強幹扣寂豁煩
襟皇天照嗟嘆

聶耒陽以僕阻水書致酒肉療飢荒江詩得代
懷興盡本韻至縣呈聶令陸路去方田驛四十

不成詩

里舟行一日時屬江漲泊于方田
耒陽馳尺素見訪荒江眇義士烈女家風流吾賢紹
昨見狄相孫許公人倫表前期刊作朝翰林後屈跡縣
邑小知我碍湍濤半句獲浩溔溔玉篇以沼切上林賦浩溔潢漾麾
下殺元戎湖邊有飛旐孤舟增鬱鬱僻路殊悄悄側
驚猿猱捷仰羨鸛鶴矯禮過宰肥羊愁當置清醥人
非西喻蜀興在北坑趙方行郴岸靜未話長沙擾崔
師乞已至澧卒用矜少問罪消息真開顏慰亭沼聞崔

侍御湨乞師于洪府師已至袁州北楊
中丞琳問罪將士自澧上達長沙矣

杜工部集卷八終